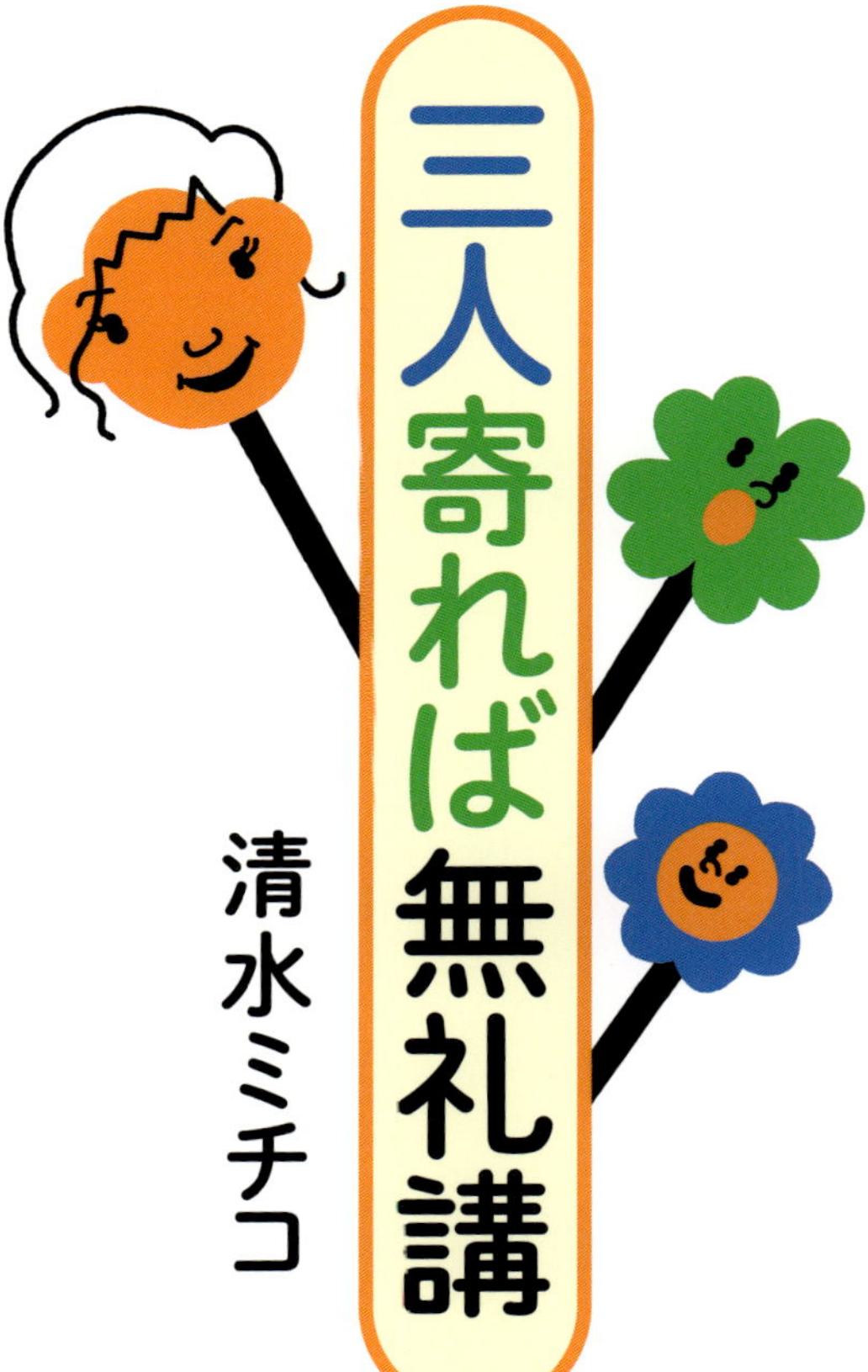

三人寄れば無礼講

清水ミチコ

中央公論新社

三人寄れば無礼講　目次

装画　松原 光

装幀　中央公論新社デザイン室

三人寄れば無礼講

「世間の厳しい目」をものともせず？

南伸坊

YOU

みなみ　しんぼう

イラストレーター。１９４７年東京都生まれ。漫画誌『ガロ』編集長を経て、装幀デザイナー、エッセイスト、漫画家など、幅広く活躍。赤瀬川原平氏が提唱した路上観察学会にも参加。『大人の科学』『仙人の壺』『笑う茶碗』『狸の夫婦』など著書多数。有名人に扮装して顔マネをした「本人」シリーズも人気を博し、まとめた著書に『本人伝説』『本人遺産』など。

ゆう

タレント。東京都生まれ。高校在学中にモデル活動を始める。１９８８年にバンド「FAIRCHILD」を結成。94年、歌手としてソロデビュー。以降、バラエティ番組で脚光を浴び、女優としても活躍する。映画『誰も知らない』『ＴＨＥ有頂天ホテル』『歩いても 歩いても』など出演作多数。バラエティ番組『テラスハウス』『土曜はダメよ！』などに出演中。

（『婦人公論』２０１７年4月25日号掲載）

初回ゲストは、ともに清水さんの30年来の友人だという南伸坊さんとＹＯＵさん。気の置けない二人と愉快なトークを繰り広げます

好きな人のモノマネが似る理由は

清水　こう並んでみると、本業がちょっとわかりにくい三人だね。

南　ミッちゃんが『真田丸』で女優やってるの見たよ。

清水　ああ、２分半ほとんどしゃべらない仏頂面の役ね。（笑）

ＹＯＵ　三谷幸喜さんからオファーが来て、「セリフなしなら」って言ったんでしょ？

清水　時代劇のセリフなんて無理だって言って。でも、私はもっとひどい話を聞いたことがあるよ。ＹＯＵさんが三谷さんの映画で歌うシーンがあったんだけど、「カンペを見て余裕で歌う私と、歌詞を無理やり覚えてアップアップの私と、どっちがいいの？」って、子どもを諭すように。（笑）

ＹＯＵ　三谷さんから、「ぜひ余裕を持ってお願いします」と言われました！

清水　そういうイケ図々しいことができるのが、私たちのオソロしさだよね。だいたい、仕事の中身は自分の意志でこうなったというより、気がついたら今に至るというのが実感です。オファーをいただいてのものだから。モノマネについては子どもの頃からやっていたけど、似せたいというより、「テレビに映るあの人になりたい」って思ってたなあ。南さんのモノマネ歴は？

南　僕は描くほうが本業だから（笑）。高校生ン時は、和田誠さんや長新太さんの絵をマネしてました。友達にウケるのがうれしくて。「桜田淳子のモノマネしてクラスでウケた清水ミチコ」みたいだね。

清水　話題の人のモノマネをすると、南さんとよくかぶるよね。「あ、負けた」って思ったりする。

南　それはコッチもしょっちゅう。

清水　不思議なもので、自分自身が好きな人のモノマネは、やっぱり似るような気がする。

南　それはさ、普通の人が見落とすようなとこまで、じっくり見ているからだと思うな。ほかの人が「見えてても見落としているとこ」まで表現するから、「うわ、似てる」ってなるんじゃない？

ＹＯＵ　そうか、好きだからこそ、そこまで見ちゃう。

南　ＹＯＵさんは、マネされるほうですね。

清水　被害者側だ（笑）。でも、魅力と実力がないと、マネもされないよね。ＹＯＵさんは、テレビでのコメントがいつも秀逸。自分をフラットにして正直に話せるって才能だと思う。

ＹＯＵ　そうですか？　私は、表にそのまんま出ていっちゃってる感じ。ミコリン（清水さん）とか南さんみたいな才能があったらいいなって、思いますよ。私は、武道館でライブやったり個展を開いたりできないもの。芸もないしバツ２だし、お葬式とか誰も来てくれないんじゃないかと思ったりする。お葬式、来てくださいねっ。

清水　ちょっとその日は……。

ＹＯＵ　やだ！　来てよ、ちょっとだけでも！

南　あはは、いいなあ。テレビとかのコメントって反射とセンスだよね。タイミングで、パッと返さないといけない。ＹＯＵさんの返しいいよねえ。

ＹＯＵ　でも、最近は昔と違って、ちょっと安易にものが言えない雰囲気もあるんですよね。とくに〝昼間の生放送〟は難しい。

清水　午前中からふざけるのは許されない感じ。

ＹＯＵ　40歳くらいまでは朝から胸元の開いた服とか着てたけど、「もう大人なんだから」って人に言われて、ちゃんとした服を着るようになりましたよ。やっぱり朝の番組でおっぱい出してたら、違和感ありますよね。

清水　叶姉妹はどうするんだろう？

ＹＯＵ　それは特例でしょう！

清水　最近、世間全体の目が厳しくなっている気がしちゃって。他人の不倫に本気で怒る人って、あんまり見たことなかったけどなあ。

YOU　自分の夫ならまだしも。

清水　関係ないんだからさ、「やれー、やれー」でいいじゃん。

YOU　カット、カーット。お姉さん、これじゃ放送できないよ！

会社の洋服ダンスに立てこもったあの頃

南　何かの番組で、ミッちゃんと国会議事堂に行ったことあったね。

清水　田中眞紀子さんにバッタリお会いした時ね。

南　あれが初対面だっけ。

清水　いや、私から一方的に言うと、南さんが講師をやっていたパロディー講座に、私が生徒として通ったのが最初。池袋のパルコの主催で、週1で糸井重里さんとか荒木経惟《のぶよし》さんとかが順繰りで教えていて。といってもはるか昔、30年ぐらい前じゃないかな。

南　その時のことは、覚えてないけど。

清水　南さんはモノマネを披露してくれたりして。しかも終わってから「お茶でも飲みに行こうよ」って、見ず知らずの生徒10人くらいにお茶をご馳走してくれたんですよ。本当に人間がデカい！　と思った。

南　僕の先生の赤瀬川原平さんがそういう先生で、楽しかったから。
清水　私、お笑いは基本的に教わるものじゃなく、身につけていくものなんだなということも、あの時理解しました。
南　ＹＯＵさんとミッちゃんは、いつ頃からの知り合いなの？
清水　『夢で逢えたら』（バラエティ番組）にバンドで来てくれたよね？
ＹＯＵ　うん。
清水　たぶんその時じゃないかな。
ＹＯＵ　ということは、やっぱり30年近く前ってことですか？
南　30年なんてあっという間だね。
清水　思い出した。ＹＯＵさんは、歌手デビューしたはいいけれど、事務所に「今日は、あそこのイベントで歌ってもらいます」と言われたのを拒否して……洋服ダンスに隠れたんだっけ？
ＹＯＵ　バンドの前に、ソロで歌っていた時期があって。正直あんまりやりたくないのにやらされていて、ある日、会社のクローゼットに立てこもったの。今で言うなら、千眼、い、い、ＹＯＵですよ。
南　あはは。いいなあ。
清水　その状態から、どうやって抜け出たわけ？
ＹＯＵ　バンドを組むようになってから、「作詞をすれば、お金がもらえるよ」って言われて……急に体が動くようになりました。

清水　お金かい。（笑）

YOU　でもねえ、ミチコさんやお仲間の先輩たちにお世話になり始めた頃から、俄然人づき合いも仕事も楽しくなったの。それまでは、何をどうしていいのかわからなくて、「あー、嫌だ」っていう日々だったんだけど。本当に面白いことにたくさん出合えて、「スゲェー！」に変わった。それが、24、25の時かな。

南　じゃあ、子どもの頃はお笑い好きってんじゃ……。

YOU　全然なかった。10代の頃は、友達づき合いもめんどくさくて、一人で音楽聴いたり、映画館に行ったり。死んじゃおうかなって思ってたくらい。そういう変わった人間が、クラスに一人はいるでしょう？　でもねえ、こっちの世界に来てから気づいたわけです。ここには、そういう人たちばっかりだって。

清水　「変人」は学校では孤独だけど、芸能界では普通だった。（笑）

YOU　そう。「なんだ、みんなここにいたんですね！」みたいな。それで、パッと目が開いた感じ。

南　ミッちゃんは、ちっちゃな頃から人気者だった？

清水　いや、クラスには明るくパフォーマンスをする人気者が必ずいて、私は教室の隅で「あんなのさ……」って、陰湿な笑いを取るタイプ。（笑）

南　そっちのほうが面白いんだよな。

清水　南さんは？　学級委員とかじゃないよね？

南　いや、やってたよ。

YOU　さすが。人格者だから。

南　そうじゃないの、僕らの前の世代は「級長」っていって、できのいいのを先生が選んでいたわけ。僕らの頃から民主主義だからさ、選挙やるようになった。そうすると、たいがいお調子者が選ばれるわけですよ。

YOU　学生運動とかは、やらなかったんですか？

南　学生運動はね、大学に入ってないと、仲間に入れてくれないと思ってたんだよね。最盛期の頃は、ずっと浪人してたから。

清水　それ、関係あるんですか？

YOU　あ、私もそう思ってた。まだ子どもだったけど、大学生になったら火炎瓶投げられるんだって。（笑）

南　御茶ノ水の美術予備校に通ってたんだけど、ある日、駅に降りたら交番がボーボー燃えててさ。あ、交番燃やしていいんだ……。

清水　「いいんだ」ではない。（笑）

南　駅の真ン前にバリケードできてた時もあった。

YOU　「バリケード」っていう響きが、秘密基地っぽくてそそる。外に向かって火炎瓶投げて、中では何でもあり、みたいな。でも、みんなやってるし、いいじゃんっていう。

清水　お祭り気分でハイになるという。

南　バリケードはね、やったことある。「美学校」ってとこに入ってからだけど、なんかオレたちもバリケードやりたいって感じで（笑）。ところが、本式のバリケードって、机や椅子わざとグジャグジャに組み上げて撤去しにくくするんだけど、美学校で使っていた机は、「箱馬」みたいな四角のやつでさ。あっという間に、きれいなカベみたいのできちゃって、「なんか、違うなあ」って。（笑）

YOU　美しく組み立てるのはお手のもの。

清水　何より、一番大事な「思想」がない（笑）。あれは結局、何が目的だったの？

南　オレ、入れてもらってないからな。

体温計のピピピが聞こえなくて

YOU　最近、ザワザワした飲み屋とかで、前に座った後輩の言うことが聞き取れなくて、「えっ？」っていうことが増えた気がする。何回も聞き直すのはあれだから、適当に相槌うったりして。

清水　冗談言ったらしい時には、ともかく笑ったりして。

YOU　ＬＩＮＥの文字とかもちっこいでしょ。「やだ、あの人こんなこと書いてきた」って画面を向けられても、見えない。（笑）

南　あはは。耳って、高音がダメになる。俺、今年70代に突入なんだけど、体温計のピピピって音がさあ、聞こえない。

YOU　嘘でしょ～！

南　妻が10歳下だから、「ホラ鳴ってるよ」って。

清水　教えてもらうまでは、ワキに挟んだまんまかあ。（笑）

南　若者をたむろさせないようにってコンビニの前で流してるモスキート音あるじゃない。体温計モスキート音にすんなと言いたい。

YOU　そういえば、この前息子とコンビニに行った時、「モスキート音してる？」って聞いたら、「してるじゃん」と言うの。

清水　息子さんはいくつ？

YOU　19歳です。

清水　10代には聞こえるんだ。

南　聞こえるんだよ。それから、オレ自分が冷え性なもんで、おじいさんなのに素足に下駄履いてる人がいたりすると、どうしてそんなことができるんだろって思うね。（笑）

清水　感じなくなってるのかな。ろくなことがないねえ（笑）。でもさ、こうやってだんだん自分がボロくなっていく話するのって、なんでかわからないけど私、口角が上がっちゃってる。

南　そう、なんでか盛り上がるね。

ＹＯＵ　でも私、老後は心配。こんなに生きると思ってなかったんですよ。自分もだし、親もそう。

清水　一人娘だっけ。

ＹＯＵ　父方も母方も、祖父母は60代で死んでるからって安心してたら、うちの両親は80超えてまだ生きている……。

清水　まだって言うな。(笑)

南　でも今は80、当たり前でしょ。80過ぎると、ハッピーになるタイプが多いらしいよ。

清水　１００歳過ぎると、多幸感で生きられるっていいますね。

ＹＯＵ　でも幸せなまま放っておけるのならいいけど、なかなかそうはいかない。「私は見られないから、どこか施設に入ってもらうよ」とは、もう話してるんです。

清水　そういえば、亡くなった南さんのお母さんは、いろんな作品を作っていて、展覧会をやりましたよね。

南　ミッちゃん来てくれて。おふくろが88歳の時だ。本人は「１００まで生きる」って言ってて。91歳の誕生日に「今年いくつになった?」って聞いたら、「１０１歳!」って。

清水　10歳サバ読んだ。(笑)

南　で、その年に死んだんだけどさ。ひょっとしたら、わざとサバ読んだかな? って思ってさ。ずっとコドモだったのに、90過ぎて大人になった(笑)。ずーっとコドモみたいで、苦労が身につかないタイプだったんですよ。

清水　それで、女手一つで二人の子どもを育てるってすごい。
南　そもそもみんな、昔は老後の心配とかあんまりしなかったよ。
清水　私のマネージャーだった女性が、今、長野で自給自足みたいな生活をしてるの。すごくハッピーそうで、「老後、心配じゃないの？」と聞いたら、「全然」って。
南　なんとかなると思っていれば、なんとかなる。
清水　今は、「老後を心配することで安心してる」みたいな感じもするね。
南　ああ、そうかあ。そういう心理ね。でもさあ「どうしよう、どうしよう」って、毎日心配して生きてきたわけじゃないよね？　これからだってそれでいいじゃない。
YOU　そっか、いいんだこのままで。私も気づいたら50歳過ぎてて、うっかりあと30年は生きちゃいそう。
南　どんどん早くなる。「俺も還暦かあ」とか思ったの、ついこの間だもん。
清水　確かに子どもの頃に比べると、加速度的に早くなってる。
南　あれ、脳みそ使わなくなるからなんだってね。
YOU　ほんとですか!?
南　子どもの頃は、入力むちゃくちゃ多いじゃない。次々に新しいこと処理してる。大人になると、「これは前に見た」って、スルーしてる。新鮮な驚きみたいなのなくなって、ひたすら時間が過ぎてってって……。まあ、大事な情報だってツルッて抜けちゃうし。もうヒダヒダがのびのびだからさ。（笑）

「ソイトゲ」への道のりは険しい？

ＹＯＵ　南さんは、奥様とは何年になるんですか？

南　結婚は30代でわりと遅かったんだけど、それでも40年ですね。

ＹＯＵ　ミコリンは30年くらい？

清水　そうだね。

ＹＯＵ　ここまで来たら添い遂げるわけでしょう？

清水　添い遂げかあ。言葉の響きはいいね。「ヨイトマケ」みたいで。「♪今も聞こえる〜」。

ＹＯＵ　こらこら、そこを茶化すのはやめなさい。

清水　ＹＯＵさん、美輪（明宏）さん大好きだもんね。

ＹＯＵ　ほんとに空気みたいなものなの、夫婦って？

清水　うーん。夫は私の歴史を一番知っている人間だからね。もう一人の自分自身みたいな感じ。

ＹＯＵ　うわー、言ってみたい！

南　一緒に住んでるとそうだよ。この前、骨折で動けなくなった時は、助かったなァ。「これ一人だったら」ってあらためて思ったね。

ＹＯＵ　途中で夫婦をやめようとか、そういうのはなかったんですか？

南　喧嘩はするけど、それはなかったなあ。ミッちゃんもそうでしょ？
清水　一度、頭にきて家出しようと思ったことがあるんですよ。でも、やってみると、意外に行き場所がない。仕方なく東映まんがまつりで時間をつぶして。で、夜帰ったら、夫は私が家出したという事実に気がついてなかった。（笑）
YOU　もしもし？　小学生の家出ですか？
清水　YOUさんは、家出したことないの？
YOU　ないなあ。1回目の結婚では、夫に内緒で、別にマンション借りてましたけど。
清水　マンション!?　さすがだ。
YOU　男みたいなんですよ、私。これからも、男と結婚してもうまくいかないと思う。
清水　もう結婚しない？
YOU　しないっすね。タモリさんだったらしてもいいけど。
南　あー、こないだ初めてYOUさんに会った時、タモリさんの話をしてたよね。
YOU　大好きなんですよ。
南　何の話でもいいとこで、ふっとその話してたから、これは本気なんだなって思った。
清水　えっ、何？　本気ってタモリさんとの結婚のこと？
南　あははは！
清水　ヒロミとも結婚してもいいって言ってたじゃない。全然タイプ違うよ、あの二人。
YOU　カタカナ3文字だね。でも私、自分の我慢がきかなくて離婚したからなあ……。私より稼いでないとか、最初から知ってたじゃん！　って（笑）。ちゃんと添い遂げられる人は、尊敬します。

南　僕は子どももいないんだけど、子どもの成長に従って自分も歳を重ねてるみたいな感覚って、あるの？

清水　いや、感じないんですよ、これが。自分の歳を忘れてる。

YOU　私も都合よく、頭の中は30代ぐらいだ。

清水　そうそう。まわりに若い人が多いから、しっかり自覚しないと、ついつい自分もサバ読んでしまってる。

南　65歳の時に『オレって老人？』って疑問形の本を出してさ。おととしまたエッセイ集出すことになった時、タイトル『おじいさんになったね』にしたんですよ。今度は自分に言い聞かせようと思って。

清水　認めますよ、と。

YOU　今、日本に100歳以上の人が6万人以上いるんだって。

南　若い人、大変だねえ。

清水　こんな時代が来るなんてね。

YOU　50過ぎたら不倫と自決をOKにしたらいいのに……。

清水　その後の処理も大変なの！（笑）

芸に欠かせぬ「毒」とは？

三谷幸喜

大竹しのぶ

おおたけ　しのぶ

女優。１９５７年生まれ。75年、映画『青春の門―筑豊編―』ヒロイン役で本格的デビュー。以降、気鋭の舞台演出家、映画監督の作品には欠かせない女優として常に注目を集め、主要な映画、演劇賞を数々受賞し評価されている。２０１１年秋、紫綬褒章を受章。近年、音楽活動を精力的に行い、18年、ＣＤ『SHINOBU avec PIAF』で第60回日本レコード大賞 優秀アルバム賞を受賞。

みたに　こうき

脚本家・演出家・映画監督。１９６１年東京都生まれ。83年、劇団「東京サンシャインボーイズ」を結成。以降、舞台、テレビ、映画の脚本・演出を多数手がける。２００５年〜14年、ラジオ番組『MAKING SENSE』（J-WAVE）で清水ミチコさんと共演。同番組をもとにした対談集、『むかつく二人』他（幻冬舎刊）がある。

（『婦人公論』２０１７年5月23日号掲載）

清水ミチコさんのモノマネ十八番といえば、大竹しのぶさん。三谷幸喜さんは、10年にわたり清水さんとラジオ番組で共演。三人がこよなく愛する、「芸」って？

大竹しのぶの「吸引力」

清水　三谷さんと会ったのは、何かの番組で一緒にしりとりをしたのが最初だったよね。もう20年くらい前？

三谷　清水さんとはそうですね。大竹さんとは、２０１２年に朗読の公演で共演したのが出会いだから、日はずっと浅い。中身は濃いけど。

大竹　ミチコさんとは、長いけど薄いの？（笑）　二人でやってたラジオ番組（J-WAVE『MAKING SENSE』）、とっても面白かったなぁ。

三谷　10年間も、清水さんにいじめられ続けて。

清水　いじめがいがあるんだ、これが（笑）。そうそう、あの番組で三谷さんが、「大竹さんとしゃべっていると、自分を吸い取られるような気がする」って言ってたんですよ。

三谷　そう。すべてを捨てて、尽くしたくなる。

清水　その感覚は、私にもわかる。この前、仕事帰りに大竹さんとタクシーで一緒になった時、このまんま、二人でどこか遠くに行っちゃいたいと思ったもん。

三谷　世界中で一番僕のことを好きなんじゃないか、と思ってしまうんですよ。

清水　その後、大竹さんに会った時、「三谷さんがこんなふうに言ってたよ」と伝えたら、「じゃあ私、結婚しようかな」って。

大竹　あ、言った。でも実際に結婚したら、あんまり面白くなさそうって（笑）。旅行もしないし、ファッションにも興味ないって言うし。それじゃあつまんないから、「やっぱりやーめた」って。

三谷　いや、もしあの時、結婚していたら、僕は生まれ変わったように面白い男になっていたはずです。

大竹　でも、野田秀樹さんが……あっ、名前出しちゃった。

清水　うわっ、いきなり。

大竹　H・Nさんが（笑）、おんなじように旅行とかにあんまり行ったことなかったのに、私と一緒の時には、南の島に。

三谷　行ったんだ。

大竹　革靴履いてきたから、「何なんだ?」って思ったけど。（笑）

清水　初めてならしょうがないでしょ。

大竹　でも野田さん、あの時期は書くものがイマイチになっちゃって。さんまさんも、私と結婚している時は、ちょっとつまんなかったし。あ、こんなこと言うなんて、ひどいなぁ、私。

清水　「うん、そうね」と答えそうになる自分が怖い。恐るべし、大竹しのぶの「吸引力」。（笑）

三谷　よかったよかった。僕も危ないところでしたよ。

清水　大丈夫、三谷さんは初めから面白みがないから。（笑）

三谷　はっきり言うな！

自分の先祖をたどってみたら

清水　大竹さんのルーツを知ったら、今の話も、さもありなんという気がする。ＮＨＫの『ファミリーヒストリー』、見た？

三谷　いや、見てません。

清水　すごいエピソードの連続なんだけど、一番驚いたのが父方の祖先の話ですよ。新潟の小さな村に住んでいるんだけど、みんなが「大竹様」って手を合わせるシーンが流れて。題して「大竹様伝説」。

大竹　私もびっくりした。

清水　江戸時代に、治水事業をやったりして人々のために尽くした、偉い人だったんですね。ところが、名声を妬《ねた》んだ他の名主に濡れ衣を着せられて、打ち首になっちゃう。結局、無実だとわかったんだけど。

大竹　「この恨み、末裔7代まで呪ってやる」って。

清水　まさか……7代目⁉

大竹　違うと思うよ。だったら私、200歳くらいになっちゃう。（笑）

清水　今でも村人たちが年に1回集まって、大竹様に感謝を捧げるんだよね。

三谷　どうか怒りをお鎮めください、と。その子孫なんだ。すごい。

大竹　母方の祖母がまた情熱的な女性で、明治時代にアメリカに渡ったの。

清水　小山内薫の『背教者』に、周りを虜にする女性として描かれていたりして。大竹さんの恋愛体質なところも、芝居になるとガラッと人間が変わっちゃうようなところも、あれを見たらなんか納得できちゃう。ああ、私のもやってほしいなあ、『ファミリーヒストリー』。

大竹　ミチコさんは、どんなお話があるんですか？

清水　ざっくり言うと、いい先祖と悪い先祖がいて。いいほうは、ウィキペディアにも載っている田中大秀《おおひで》という江戸時代の偉い学者さん。『竹取物語』を7篇に分けて、読みやすくしてヒットさせたんだって。で、悪いほうは、ひいじいちゃん。とにかく嘘つきで有名だった。

三谷 人を騙して儲けてたとか。

清水 それがそうじゃなくて、単なるいたずら。お坊さんのところに駆け込んで、「大変だ、大竹のじいさんが死んだぞ」なんて、一芝居打つわけ。駆けつけてみると、本人ピンピンしてる。そんなのを見て、一人で腹を抱えて笑っていた。

三谷 ただ、自分が楽しむための嘘なんですね。

清水 でも、ひいじいちゃんの気持ち、末裔としてはわかる感じがするの。純粋に、楽しむために嘘をつく。

大竹 その血が流れてるんだねえ、脈々と。

清水 三谷さんは、何か面白い話ないの？

三谷 祖父がちょっと山師的なところがありました。戦後、一攫千金を狙って博多に象を輸入しようとしたんですね。で、タイへ行って象を捕獲して、船に乗せたまではよかったんですが、運んでる途中に病気で死んじゃった。それで仕方なく、尻尾だけ残して、亡骸《なきがら》は海へ――。

清水 きれいな言い方だとそうだけど。重いし邪魔だし、捨てたんじゃないの。

三谷 ところが、象がやってくるというので、博多の街はお祭り騒ぎなわけですよ。パレードの準備までして。そこに現れた祖父は、尻尾を高々と掲げて「みなさん、これで我慢してください」（笑）。それでペテン師呼ばわりされて、博多を追われたという話です。

大竹　それは怒ると思うよ。何の尻尾かわからないし。（笑）

役の自分とそれを見る自分

清水　大竹さんは、演じる時はその人になりきってるの？
大竹　ううん、なってない。役の人になっている部分と、それを冷静に見てる自分がいると思う。
三谷　やはり冷静な部分をなくしたら、立ち位置とかも、ぐちゃぐちゃになっちゃうから。昔、一緒に仕事をした俳優さんで、舞台の上でやたら怪我をする人がいたんですよ。芝居に入り込んじゃうから、いろんなものにぶつかって鼻血を出したり。幕が下りるたび、「また打っちゃいましたよ」って。本人は、一所懸命にやった証みたいに感じていた節もあるけど、さすがにそれは違うと思った。
清水　三谷さんから、大竹さんはどう見えるの？
三谷　演出家として見ると、相当怖い女優さんですよ。
大竹　怖いって、どうして？
三谷　見透かされている感じがするから。つまんないこと考えやがって、とか思われそうだし。でも、一緒に稽古をしていて、楽しいのは確か。どんな無茶振りをしても応えてくれますから。むしろ難しい要求ほど燃えてくれます。

大竹 三谷さんのお芝居も上手だったよね。『エノケソ一代記』の古川ロッパ役。一所懸命演じているようでいて、そうじゃなくて。ああいうふうに力を抜くのは、私には難しい。

三谷 自慢になりますが、何人もの俳優さんにそう言われました。自分にはできないって。それはたぶん僕が役者じゃないからだと思う。役者の欲みたいなものがないから、力が抜けて、とても輝いて見えた。

大竹 たぶんそうなんだと思う。輝いてないけど。（笑）

三谷 ははは。

大竹 私、『マクベス』の舞台をニューヨークでやった時に、あっ、私、うまいかもって思ったの。

清水 ん？　自分が？

大竹 うん。観客の7割くらいが向こうの人で、私のことを知らない人たちでしょう？　そう思ったら、すごく自由になれて。

清水 ああ、「大竹しのぶ」を意識しなくていいから。

大竹 今の話に通じると思うんだけど、発見でしたね。

三谷 清水さんは、女優としての自分は、どう解釈してるの？

清水 苦手（笑）。すっごい恥ずかしいし。

三谷 『真田丸』に出てもらった時は、「セリフなしならやってもいい」って言われました。

清水　ずっと無言の役だったんだけど、大竹しのぶだったらどんな仏頂面をつくるのか、意識して演じた。(笑)

大竹　見たい……。

三谷　日本中が爆笑したと思う。

清水　カメラの人とか、口の端が上を向いてましたから。

三谷　大河ドラマの歴史に残る演技でした。

「ギリギリの毒」でおいしくなる

大竹　ミチコさんの芸は、私にとってすごく不思議。

三谷　モノマネは、ふだんどのくらい練習するんですか？

清水　練習というか、覚える感じ。レポート用紙１枚分ぐらいのネタを書けば、自然に頭に入るよね。当日のライブでは、そこに時事ネタとかを織り交ぜていく。

三谷　似せるために、何か努力ってしてるんですか。

大竹　あ、それ聞きたい！

清水　これが、好きな人には簡単に入れるんですよ。この人になりたいと本気で思ったら、昔からすぐできる。たとえば矢野顕子さんのモノマネは練習したことがなくて、歌はすぐに歌えた。でもピアノはついていけないから、特訓したの。

大竹　小さな頃から、そんな感じだったの？

清水　ふざけて周囲にウケるのが、大好きな子ども。よっちゃんていう可愛い女の子がいてね、その子にとくにウケたかった。ところが、よっちゃんの笑いに対する目がだんだん肥えてきて、バレーボールやりながらオットセイのポーズとかしても、笑ってくれない（笑）。で、自分は「やりすぎ」はダメなんだと学んだ。

大竹　すごい！　その当時から。

清水　閃《ひらめ》いたことをさらっとやるのがウケて。それで、自分はこっちの方向にいけばいいのかなあ、と感じたの。

三谷　ステージで緊張します？

清水　初披露の時はしますね。最近では小池百合子さんとか、朴槿恵《パククネ》さんとか。

大竹　あ、朴槿恵さん、ほんとに面白かった！

清水　「悪かったとぉ……思ってるよ」。

三谷　似てる！　日本語なのに。

大竹　感動するよね。以前ミチコさんが私のラジオ番組に出てくれて、私のモノマネで会話してた時、リスナーの方から「どっちがどっちか、わからなかった」という投書が来たの。

清水　わあ、それすごく嬉しい。

三谷　声質だけじゃなくて、その人が言いそうなことをおっしゃいますよね。

清水　「男はすぐに私のこと本気にしちゃうんだから……」。

大竹　言わないですよ、そんなこと。悪意を感じる。（笑）

清水　いやいや、敬意を受け止めて。

三谷　清水さんのモノマネは、ギリギリですよね。その人のことが好きなのもわかるし、毒もある。昔のモノマネは似せることだけだったじゃないですか、桜井長一郎さんの頃とか。悪意が入ってきたのは、清水さんくらいからですよね。

大竹　先駆者だ。毒がないとつまんないもんね。

清水　大竹さんがいかにすばらしい女性か表現しても、そう面白くない。魔性っぽさとか、実は計算ずくみたいなのを匂わせたほうがおいしい。

大竹　待ってよ。それを聞いて、やっぱりそうなんだ……って思っちゃう人がいるじゃない。（笑）

１年後の自分は今日よりもいい

清水　大竹さんのところは、「幸せな離婚」だよね。今でも、さんまさんとテレビに出たりして。

三谷　芸能界では、ほかにはいないんじゃないですか。京唄子さんも亡くなられたし。

清水　この元夫婦は、みんなが冷やかして平気。女性は普通嫌がるでしょう？　なのに大竹さんは平気そう。

大竹 1回縁のあった人なんだから、別れたからって嫌な思いはしたくないなって。だから、会いたくないっていう人、いないもの。一度さんまさんと子どもたちと、行きつけのお寿司屋さんにいたら、そこにひょっこり野田さんが現れたことがあったの。私と別れて、まだ結婚してない頃。

三谷 どうなったんですか？

大竹 私たちのところに来て、さんまさんと挨拶して。そしたらIMALUちゃんが、「あ、野田さんも大人になったね」って。（笑）

清水 魔性の女に鍛えられた（笑）。三谷さんは再婚して4年ぐらい？ 息子が3歳だっけ。

三谷 はい。息子は最近、ことわざに凝ってて。部屋を走り回ってて足をぶつけたりすると、「急《せ》いては事を仕損じる、だな」とか。一番好きな言葉は「餅は餅屋」。

大竹 すごーい。頭いいんだね。

清水 可愛くないねえ～。（笑）

三谷 そんなことないですよ。ほら。（携帯電話の画像を見せる）

大竹 似てる！

清水 あ、顔が治った！ 前に見た時は、幼児なのに社長みたいだったけど、よかったね。（笑）

三谷 息子のこともあって、最近教育論の本を読んでるんですよ。

清水　教育勅語？

三谷　違う！　いろんな学者さんの本。その中で僕に一番フィットした言葉が、「がんばって結果を出したものではなく、自然にできて結果を残せたものを、才能と呼ぶ」っていう。さっきの清水さんの話なんか聞くと、やっぱりこういうのが才能なんだなって思いますね。

清水　でも、今の学校は、「何かができない子」がかわいそうだからって、みんな平等にしようとするんだってね。

大竹　運動会は、同じような速さの子を集めて走らせるから、断トツ1位がいない。学芸会でも主役が交代していくんだって。それじゃ、かけっこが得意、お遊戯が得意っていう子がいなくなっちゃう。

三谷　（清水さんを指差し）こういう方は出てこない。

清水　人を化け物みたいに。（笑）

大竹　三谷さんのお子さんは、言葉に敏感そう。

三谷　彼は今、絵本が大好きですね。谷川俊太郎さんの本にはすごく食いつきがいい。あと、国旗の絵本を見せていたら、「ジンバブエ」で大ウケしていました。

清水　響きが面白いんだろうね。

大竹　そういうのを聞くと、お父さんとお母さんがいて、一緒に過ごす時間があるのっていいなあ。三谷さん、今一番忙しい時ですね。

三谷 クタクタです。今まで僕は、仕事以外のことをやったことがなかったもんですから。でもやっぱり、奥さんのほうが大変です。頭が下がります。お二人は、今は？

清水 楽だよ〜。

大竹 もう大きくなってるから。昔、救急病院で会ったよね。子どもが小さい頃。

清水 そうだ！　深夜に子どもが発熱して連れていった時。子ども抱きかかえながら、大竹さんに『奇跡の人』観ました。よかったです」って言ったの。そしたら2、3分経ってから、「どこが？」って。ええっ、一言じゃ言えないよ！　と焦った。（笑）

大竹 ほめられたくて。（笑）

三谷 ところで大竹さんは、こういうふうになりたいと憧れた女優さんとか、いらっしゃるんですか？

大竹 ……。

清水 同世代で負けたくないって思う人は？

大竹 ……。

清水 「どうして私のほうが、いっつもうまいんだろう……」。あっ、これコントにしよ！

（笑）

大竹 そんなこと思ってないよ！

三谷 ライバルはともかく、共演してやりにくい人はいますよね？

大竹 それはありますね。リズムが合わないとか。

三谷 たとえばそれは誰ですか。

清水 出た、刑事さん。誘導尋問。

大竹 でも、若い時は合わないと感じたこともあったけど、今はそれがいけないって思うようになったの。自分中心にしか考えてなかったなって。

三谷 自分のお芝居は、後からチェックするんですか？

大竹 ううん、見ない。でも、時々、前にやった舞台の映像を目にすることがあるでしょう？ そうすると、すごい下手だったんだなって思う。見ていられない。

清水 へえ、そうなんだ！

大竹 今だってそうかも。だから「たぶん1年後の自分は、今日よりはよくなっている」って思って日々演じていきたい。

清水 すごい。シメにいい言葉！

三谷 しのぶ語録、出ました！

吉本ばなな

林のり子

日々の“食”を突きつめる

はやし　のりこ

「パテ屋」店主。日本大学建築学科卒業後、ロッテルダム、パリの建築事務所に勤務。帰国後の１９７３年、「パテ屋」を開く。世界の食の仕組みを、気候、自然環境、歴史、文化から探る「〈食〉研究工房」を設立。展示イベント『ブナ帯ワンダーランド』を開催。著書に『パテ屋の店先から――かつおは皮がおいしい』、『宮城のブナ帯食ごよみ』（共著）など。

よしもと　ばなな

作家。１９６４年東京都生まれ。日本大学藝術学部文芸学科卒業。87年『キッチン』で第6回海燕新人文学賞を受賞しデビュー。著作は30ヵ国以上で翻訳出版されている。近著に『吹上奇譚　第二話　どんぶり』などがある。noteにて配信中のメルマガ「どくだみちゃんとふしばな」をまとめた単行本も発売中。

（『婦人公論』２０１７年6月27日号掲載）

清水ミチコさんがかつてアルバイトをしていた、東京・田園調布にあるパテの専門店「パテ屋」。清水さんのご近所友達、吉本ばななさんとともに……。

住み込みのようなバイト生活

清水 私がパテ屋でバイトを始めたのは、19歳ぐらいの頃でした。それから1987年に『笑っていいとも!』に出るあたりまで、かれこれ6年。

林 明日『いいとも』に行くと言って、着るものを準備したりしていましたね。最初に来た頃は、清水さんは甘いものが大好きで。

吉本 えっ、そうだったんですか。

清水 ここに来る前、ケーキ屋さんでバイトしてたから、「おいしい＝甘いもの」っていうのが染みついていて。パテ屋で働き始めた時は、体重もマックスだった。

林 だから、砂糖中毒みたいになっていたのよね。パテ屋ではアイスクリームくらいしか甘いものがなくて、後で聞いたら、胡麻のケーキに使う黒砂糖をかじっていたんですって。かわいそうに。

吉本 バイト先で砂糖をかじっていたとは。いろんな意味で不思議な過去だ。（笑）

清水 林さんにいろいろな食べ物を教わって、健康になれました。

林 教えただなんて。清水さんは毎日、わが家と隣の建築家の富田玲子さんの子どもたち四人分の夕食を作ってくれていたんですよ。6時になると、パテ屋が忙しくても、「それでは晩ご飯の準備をしてまいります」と言って。一人ひとりに可愛く盛りつけしてくれたの。お皿にプチトマトを並べたり。子どもたちも清水さんのことが大好きでした。

清水 懐かしいなあ、お店が終わってから、しょっちゅう映画をご一緒したりしてましたよね。昔は自由が丘に映画館があって。

林 そうそう。渋谷に出てユーロスペースで観て、それからはしごしたりもした。

清水 当時の私は、「東京では大人も堂々と遊ぶんだ」とびっくりしましたよ。そりゃ、田舎でも遊ぶんだけど、なんだか声高に言うのは憚られるような感じがあって。あちこち連れて行ってもらって、楽しかったなあ。

林 この店、クーラーがないから、夏は汗だくになるんです。だからみんな、シャワーを浴びて。

清水 で、出てきたら「ビール飲まない？」。毎日そのパターン。

林 私が飲みたかったのね。

吉本　映画観て、お風呂に入ってビール飲んで、子どもたちのご飯作って……まるで住み込みじゃないですか。（笑）

清水　あははは。そうそう。

林　でもねえ、そんな清水さんがブレイクしていく姿を、私は間近で見られて。『いいとも』に出る少し前、初ライブには両親を連れて行きました。

清水　わっ、懐かしい。

林　渋谷のジァン・ジァン。今じゃ考えられないけど、客席はガラーンとしてて。私もう、清水さん大丈夫かしらって、心臓ドキドキで生きた心地がしなかった。そうしたら、すごく不機嫌そうな顔で登場してね。

清水　緊張してましたから。（笑）

林　でも語りが始まったら、もうはじけて……。感動しました。「これが表現者なんだ」って。その時永六輔さんが用事で楽屋に来ていて、「今日、黒柳徹子さん、来てるの？」と。それで一気に名前が広まって、瞬く間にチケットが取れなくなったのよね。

吉本　とてもすてきな歴史ですね。

自然な流れでパテの専門店を

清水　私はふだんパテ屋のパテをよくお土産に持っていくんです。

吉本 二子玉川や田園調布あたりのお土産で、一番喜ばれるものとして昔から有名ですよね。

林 ほんと？　うれしい。

吉本 この前もミチコさんが持ってきてくれたのだけど、私はそんなふうにいただくことがちょくちょくあって。そのたびに、「やったー」って。お店は味のある建物で、あの奥に入ってみたいなといつも思っていたので、今日は念願かなってラッキーです。

林 こう見えてプレハブなんです。私はもともと建築の出ですが、親族に建築関係があと二人いて。「それなのにプレハブか」って、建築仲間から大顰蹙《ひんしゅく》でした（笑）。逆に三人それぞれが設計に口を出し始めたら、話がまとまらないでしょ。施工に時間もかからないし、プレハブでいいかと。螺旋階段を作ったり、それからいろいろ手を加えて。

清水 いや、中も外観もプレハブとは思えない趣です。

林 建物が47年。パテ屋は１９７３年の開店だから、45年以上になりますね。

清水 日本で初めて、パテを売り出した店。

吉本 始めたきっかけは、何だったんですか？

林 子どもの頃まで遡ると、祖父母が〝明治ハイカラ世代〟で、コックさんに料理を習ったり。当時の洋食は英国風が主流でしたから、牛タンやテールのシチューとかレバーのような内臓もよく食べていて、好きだったんですね。

清水 そういうベースがあった。

林　大学を出てロッテルダムやパリの建築事務所で働いたんですが、向こうで本場のパテ類に出合うことに。その後、ニューヨークの絵描きさんに「僕が作ったレバーパテ」と言って出され、「ソーセージ工場ではなく、家でパテが作れるんだ」と、目の覚める思いでした。そこで料理の本などを参考に見よう見まねで作り、友人に分けたりしていたら、そのうち「お見舞いに欲しい」というようなオーダーが入り始めた。気づいたら、それが2キロとかいう量に。

吉本　もう立派なお店ですよ、それは。(笑)

林　ちょうど家を建てかえる時だったので、保健所の基準にそって前の家の流しをはめたりして。

清水　へぇー！　ずいぶん自然な流れで始められたんですね。

吉本　レシピは、開店当初から変わらないんですか？

林　そうですね。みんなのアイデアを入れてアレンジすることはあるけど、基本的な作り方は変わらない。

清水　〝塩味のチーズケーキ〟を提案したことがあるんです。これなら甘いお菓子との折衷案でOKだろうと。ところが途中で林さんが味見して、「ブルーチーズを入れるといいんじゃない」って。目指す方向が変わってしまった。(笑)

林　お菓子からワイン方向に(笑)。とにかくうちのものは、全部お酒に合いますから。

清水　またお酒が強いんだ。この前も一緒にアフリカ料理を食べに行ったんだけど、そうい

林　えば40年間一度も酩酊状態を見たことがなかった。

何かの木の枝が入った、アフリカのジン。爽やかでおいしかった。瓶ごとほしかったわね。(笑)

清水　ばななさんも飲みますよね。

林　毎日飲むんですか？

吉本　はい。

清水　飲んだ後も書いたりできるんですか？

吉本　飲みの時間が終わって、1時間ほど休息してから、また仕事します。周りから「飲まなければもっと書けるでしょ」と言われるけど、これだけは譲れない。(笑)

林　いいえ、飲むからこそ人を感動させる文章が書けるんですよ。

清水　休憩が終わったら、書斎に籠もって？

吉本　いいえ。私、リビングが仕事場なんですよ。テレビをつけたまま書くこともあります。その時流れていた韓流ドラマに内容が影響されたりして。(笑)

思い出深い喫茶店での接客体験

林　お二人は、もともとどういうお知り合いなの？

清水　最初は、何でしたっけ？

吉本 私が何回かミチコさんのライブを観に行っていて……直接会ったのは、いつだったか、お宅にお邪魔したのが初めてだと思う。すごい近所なんですよね。

清水 そうだ、思い出した。翌日から旅行に行くっていう日で、冷蔵庫に何もなくて、謎の卵焼きみたいなものを作ったんだ。（笑）

吉本 ゴーヤーチャンプルーのような料理。

清水 「何これ」って思われたんじゃないかと、いまだに気がかり。

吉本 おいしかったですよ。それに、あっという間に作っちゃうから、びっくりして。「あっ、お母さんだ」って。

林 そう、うちでも「お母さん」やってくれたわけ。手際よく、いろんなものをチャッチャと作っちゃう。そもそも、高山のご実家が「ｉｆ珈琲店」ですものね。

吉本 私行ってきました。すごくいい雰囲気のジャズ喫茶。

林 そこでも、しっかりお手伝いしてたんでしょ？

清水 高校3年間の夏・冬休みはずっと、サンドイッチやスパゲティを作ったり、お客さんに出したり。あれはものすごく楽しかったなあ。そういえば、ばななさんもやってたよね、喫茶店のバイト。

吉本 うん。私は浅草だったので、一風変わったお客さんが多くて、すごく楽しかった。

清水 なんか〝るつぼ〟な感じがする。（笑）

吉本 働いていたのは、糸井重里さんがやっていた「孔雀茶屋」という店だったんですよ。

林　糸井さんがたまたま父のところに遊びに来て、「今度喫茶店やるんだけど、バイトしない?」っていう流れで。

吉本　おいくつぐらいの時?

清水　作家になる直前だから、19歳くらいです。2、3年やりました。糸井さんからお給料をいただいて。

吉本　「変わったお客さん」というのは?

清水　ロレックスみたいな時計をテーブルいっぱいに広げて……。

吉本　〝みたいな〟時計。(笑)

清水　「これからこれを売りに行くんだよ、俺は」と言うから、「そうなんですか……。お茶のお代わり、いかがですか?」。

吉本　あははは!

清水　通帳を開いて、チラチラ見せるおじいちゃんとか。「ほら、ゼロが多いでしょう」って。(笑)

吉本　知らない人に「いらっしゃいませ」って言うの、最初は怖くなかった?

清水　それはなかったなあ。というか、今でも喫茶店でボーッとしてると、店のドアが開いたとたんに「いらっしゃいませ」って言いそうになる。「い……」って。

吉本　ほんと!?

清水　「お団子」っていうオーダーが聞こえた瞬間に、容器を取り出してあんこをのっけて

清水　……という一連の動作をやっていたんですけど、それは今でも時々夢に見ます。喫茶店はレストランほど分業じゃなくて、作るのも接客もやるから面白味があるんだよね。

吉本　とくに日曜の浅草はすごかった。お客さんが次々になだれ込むようにやってきて、もう戦争。

林　やっぱりただ作るんじゃなくて、お客さまの顔を見ながらやるのがいいわよね。

清水　でもパテ屋は、レストランにはしなかった。

林　食事が終わってからも、ずっと座っているお客さまがいらっしゃるというのは、私は気になっちゃって。

清水　だから、あえてテイクアウトにしたわけですね。

林　といっても、最初の頃は日にお客さまが二、三人なんていうのはざらで。だから店のショーケースのところに鈴を置いておき、私は奥でお酒や食べ物が出てくる小説やエッセイを読んだりしていました。

吉本　そこからこんな人気店に育て上げたわけだから、やっぱりすごいですね。

男子は食を極める!?

林　清水さんはいつも忙しいのに、まめにお料理しているわよね。

清水　私にとっては、ストレス解消みたいな感じなんですよ。それに、テレビの仕事でも、女優さんだと「待ち」も含めてけっこう時間を取られるんだけど、バラエティの人間はそうでもないんです、実は。だから、意外に普通の時間に家に帰って家事をやったりもできる。いつもヒマ。（笑）

吉本　私は、料理はだめというか、雑なんですよね。決してまずいとは思わないんだけど。

林　料理って、別に丁寧がいいわけではないですよ。

吉本　いや、私の雑さはすごい。家族が気の毒なくらい（笑）。母親も料理ができない人だったのですけど、たまにやる時にはアルミホイルを、ものさしで測って切るような感じだったんです。それを傍らで見ていて、恐怖に近いものを感じて。そういう体験もあるから、私は雑になったんだと思う。ただ、そんな私が言うのも変だけど、お料理って最後まであきらめなければ何とかなる気がするんです。だから、私はあきらめない。（笑）

林　「何かの時には、これを作る」っていうメニューは？

吉本　とくにはないですね。うちは毎日一汁一菜（笑）。子どものお弁当を作っていた時には、3分の1がプチトマト、あと卵焼きにご飯だけとかいうこともあったなあ。トマトが大好きなんですよ、うちの子。

清水　今、いくつだっけ？

吉本　14歳。

清水　びっくりするくらい手品がうまい。しかも美少年。
林　手品って、世界中どこに行っても「通じる」ところがいいですよね。
吉本　ところがインドでやったら、驚かなくて。若い女の子たちは「キャー」ってなるんだけど、おじさんたちはみんな「……」。
清水　え、手品見て固まっちゃうの？　どうして？
吉本　自分のわからないことは認めないという感じなのかな。こんな反応は初めてだと、息子も動揺してましたね。
清水　世界は広いなあ。
吉本　でも台湾やほかの国では、みんな大喜び。
清水　手品と音楽は言葉を超えるね。
林　彼はトマト以外に好きなものはあるんですか？
吉本　３６５日欠かさないのが、タピオカ。専門店が近所にあって。
清水　３６５日！
吉本　学校帰りに毎日そこに寄ってくるんです。常連というよりＶＩＰ待遇で、ＬＩＮＥで連絡しておくと、いつものコーラベースのを作って待っていてくれる。
清水　コーラなんだ、めずらしい。
吉本　息子が「本場で食べてみたい」と言うから、一緒に台湾へタピオカの旅に出かけたんです。すごく高ーい店にも行って。そしたら「いつもの店が一番だ」と。芯がなくて

清水　ほのかに甘いんだそう。
林　タピオカってそもそも何だったっけ。
清水　キャッサバ（芋類）のでんぷんね。自然に結晶が丸くなるの。
林　すりつぶして丸めてるんじゃないんだ。
清水　ジャガイモならフレーク状になるし、本葛なら四角く結晶化する。それぞれのでんぷんに性質があってね。
吉本　研究者の言葉だ！
林　間違っていたら、ごめんなさい。それはそうと息子さんは、タピオカを食べ分けられるのね。味覚がしっかりしてるんでしょう。私の知人の息子さんは、大学生なんだけど、チョコレートを食べるとカカオの産地がわかると言うんですよ。
吉本　ラ・メゾン・デュ・ショコラに就職できそう。（笑）
林　だからね、きっと極めちゃうんですよ、男の子は。
吉本　そのぶん、あんまり冒険はしませんね。
林　女の子のほうが、食に関して気が多いんでしょうね。新しい味をあれこれ探して。

「稼がず、使わず、寝て暮らす」

吉本　それにしても、すごい本の量ですね。

清水 本に限らず、林さんはもの持ちがいい。今の世の中は断捨離ブームで、どんどん捨てろという風潮だけど、ここは調理器具もほとんど昔のまんまですね。

林 「断捨離に飽きた」っていう本の特集で取材されたことがあるのよ（笑）。この歳になると、「そういえば、あれどうしたかしら?」ってフッと思ったりすることがあるの。だから、今使わないからと捨ててしまって大丈夫なのかな、と。ドンドン捨てる人のこと、心配になっちゃう。

清水 そういうふうに、林さんの発想って、時代におもねらない。モットーは昔から、「稼がず、使わず、寝て暮らす」。

吉本 すばらしい！

清水 世の中が「省エネ」とか「スローライフ」とか言い出すずっと前から、そんなことをおっしゃっていたんですよ。

林 もうちょっとやる気を出さないといけないんだけど。（笑）

清水 でも、「稼がず」とか言いながら、人一倍研究熱心。調理法だけじゃなく、食文化、歴史まで掘り下げて。

林 そうねえ。ライフワークの一つは、30年くらい前からやっている「ブナ樹林帯文化」の研究かな。秋から冬に紅葉し落葉する森って、本当に華麗でしょう。あれはブナ帯ならではのもの。日本の東北地方、中北部ヨーロッパ、アメリカ五大湖あたりの三地域が、古くからの大きなブナ帯で、狩猟採集生活をベースに、森羅万象を神とする感性を共有しているの。そして季節感の共有は、話が飛ぶけど、パテにもつながるわけ。

清水 パテもそこにつながるんですね。

林 最初4月にパテ屋を始めて、7月に入ったら作業の後はともかくビール。〝これは何かおかしい〟と8月は店を閉め、秋の気配がしはじめたら自然にパテとワインに手がのびるようになって……。

吉本 そんなお話をうかがいながらパテ屋のレバーペーストをいただくと、さらにワインが進みそう。

清水 悠久の歴史を思いつつ（笑）。私がいる頃から「もう店を畳みたい」が口癖でしたけど、ここまできたら、続けてもらわなくては。

林 最近は、何かやろうと立ち上がると、若い人が「あ、いいです。私がやりますから」って言ってくれる。気づいたら介護施設になっているんですよ。（笑）

清水 それじゃあ絶対に閉じられませんね（笑）。よかったよかった。

甲野善紀

養老孟司

体の誤解、死の不思議

こうの　よしのり

武術研究家。1949年東京都生まれ。78年、武術稽古研究会・松聲館を設立。「捻らない・うねらない・タメない」という独自の技法と理論に基づいて、剣術・槍術・杖術・体術等の武術を研究・指導している。著書に『ヒモトレ革命 繋がるカラダ 動けるカラダ』『古の武術に学ぶ無意識のちから』（ともに共著）など。

ようろう　たけし

解剖学者。1937年神奈川県生まれ。東京大学医学部卒業。同大学大学院博士課程修了。解剖学専攻。95年より東京大学名誉教授。著書『バカの壁』は400万部を超えるベストセラーに。そのほかの著書に『からだの見方』『唯脳論』など。昆虫採集をライフワークとすることでも知られ、2015年には鎌倉・建長寺に昆虫を供養する「虫塚」を建立。

（『婦人公論』2017年7月25日号掲載）

〝体の仕組み〟に向き合う養老孟司さんと、〝体の動き〟を探究する甲野善紀さん。体の専門家のお二人が語り出すと、目からウロコの発見が――

独学でないと〝本物〟にはならない!?

清水 前の私のマネージャーが、辞めて介護の世界に行ったんです。だけど体が大変で、甲野先生の本を読むようになり、ついには先生のもとに通って。

甲野 そして、私のところに稽古に来ていたT君と結婚して、今は信州で暮らしているんですね。

清水 先生との出会いで、人生が開けたようです。養老先生と甲野先生は、一緒に本を出していらっしゃいますよね。

甲野 そうですね、単行本は2冊ですけど、雑誌やトークショーなどで、もう何度もご一緒させていただいています。今日は、養老先生にぜひご意見を伺いたいことがあって、楽しみにして来ました。

養老　ほう、どんなことですか？

甲野　養老先生もご存じの陽紀（甲野さんのご子息）が身体技法研究者となり、講習会などを開いています。先日うちに寄った時、久しぶりに少し稽古をしたんですよ。

清水　甲野先生のは、柔道とか合気道とかではなく。

甲野　まあ、そうした武道の原型となる日本の武術を探究しています。陽紀との稽古で、ある技で私が翻弄されてしまって。

養老　あははは。そうですか。

甲野　私の腕をスッと摑んでからドンドン崩してくる。明らかに以前より上達していました。でも、じつは彼は、ほとんど私から武術を習っていないんですよ。

清水　えっ、自己流なんですか？

甲野　私の講習会にアシスタントとして2年ほどついてきましたが、彼は私を観察していただけ。それで再認識したのは、「まず基本を身につけよう」という、今の「教育システム」の問題です。確かに覚えるべき「基本」もあるでしょうが、武道の実技などでは、指導者自身、本当に実感してもいないのに、「これが大事な基本だ」と押しつけることが非常に多く見受けられるんですね。それが、本質的な上達を妨げるもっとも大きな原因になっていると思います。

養老　それは学問にも通じますね。結局独学をやらないと駄目なんです。たとえば、若い頃に幾何を教わるでしょう。そうすると、いろんな定理が先に出てくる。でもあれは、

甲野 本当は最後に発見されているんですよ。必要に駆られて地面を測量したりして、どんどん詰めていった結果として、基本的な法則にたどり着いた。ところが、教育現場では逆にそっちから頭に入れようとする。だからかえって〝本物〟にならないのです。おっしゃるように、「基本」を含め、大切なことは自分で見つけるべきだし、そうなるように導いていくのがいい指導者だと思うんです。しかし、今の剣道などは「正しい竹刀《しない》の持ち方はこれ」「正しい立ち方はこれ」と言って、学ぶ者に押しつけています。ですが、陽紀は誰に教わるでもなく独自に技と術理を組み上げて、技によっては私よりうまくなっていますから、まさに「負うた子に教えられ」ですよ。

清水 私の仕事の基盤も独学です。子どもの頃から友達にウケるのが楽しくて、でも学校でふざけてるのが親に知れると怒られるから、「ウケたこと、黙っていてね」と口止めしてから笑わせていたくらい。

養老 モノマネを習ったことは、一度もないの？

清水 ないんです。その人になりたくて、「なる」というだけ。最近は、芸人志望の若い人もお笑いの学校に行くのが普通になってきて。だから、笑いのネタとかが似てきたりするんだけど、半面、いろんなレッスンを受けているので、新人でもテレビカメラの前で堂々とできる。私は人前でできるようになるまで、時間がかかりました。親しい仲だとできるのに、デビューして「さぁ、ふざけてください」と言われると、緊張して体が動かないことに驚きました。(笑)

甲野　でも、独学で身につけた清水さんのが〝本物〟の面白さですよ。

真冬でもポカポカで眠るコツ

清水　ところで、ツイッターで見たのですが、お正月にお二人のツーショットがアップされていますよね。床に転がったりして、あれは何をしているんですか？

甲野　養老先生主催の新年会の時の写真ですね。

養老　転がされてるのは、この人にいじめられて。（笑）

甲野　あの時は紐を使って……。人間の体って、本当に不思議なんです。紐1本巻くだけで、思いがけないことが起こります。バランストレーナーの小関勲さんが考案したのが、この紐を使った「ヒモトレ」なのです。論より証拠、清水さん、ちょっと立ってみてください。

清水　なんか怖いなあ。

甲野　両手を下ろした状態から、肘を曲げて「小さく前へならえ」の形で、手を前に出してください。その両手の上に私が、手を置いて飛び乗りますから、思いきり抵抗してくださいね。（甲野さんが清水さんの腕の上に手を置いて飛び乗る）

清水　無理無理無理！　武術家にかなうわけない。（笑）

甲野　まあ、ちょっと無理でしょうね。ところが、この紐を、おへその位置でお腹の周りに

清水 巻きます。清水さん、おへそはどこですか?

甲野 あ、ここです。

人間のおへそって、人によって場所が違うんですよ。この紐をへそ周りにぐるりと緩く巻いて結ぶ。さあ、同じように抵抗してください。いいですか?(今度は、甲野さんが体重をかけて飛び乗っても、清水さんは不動)

清水 あれっ? 先生すごく軽い。自分が他人の体になったみたい。

甲野 手品じゃありませんよ。100人が100人、こうなるんです。同じように、こう両膝に巻くと、床や椅子に座った人を楽に引き起こすことができます。(甲野さんが清水さんの膝に緩く紐を巻くと、椅子に後傾して座っている甲野さんを楽に立たせることができる)

清水 わあ、軽々。

甲野 ほかにも、巻く場所によって斜視や嚥下障害が改善したり、呼びかけても反応がなく認知症気味だった人が、受け答えできるようになったりした例もあります。ただ不思議なことに、太さが5~8ミリくらいの丸い紐でなければ駄目ですし、強く縛りすぎても効果はないのです。

清水 へーえ。でも、どうしてそんなことが?

甲野 皮膚の感覚でしょうね。猫の首の後ろを、つまむようにして持ち上げると、おとなしくダラーンとするでしょう。皮膚からくる情報で、体がそう反応するわけです。人間も同じ。

養老 自律神経反射といって、たとえば寝ている時には、体重がのっていない側の半身にだけ汗をかくんです。ふだんあまり意識しないけど、皮膚は全体が感覚器ですから、そこへの刺激がさまざまな身体状況に結びつくわけですよ。

甲野 この紐の働きからわかったことですが、ゴムなどの伸縮性のある下着は、とても問題があるようです。冷え症の方は、ゴム入りの下着やパジャマはやめ、浴衣やネグリジエなどの「薄着」で、あとは何も身に着けずに布団に入れば、真冬でも体はポカポカですよ。どうやら、太腿の内側に何か覆うものがあると、人の体は熱を作る意欲をなくすらしいのです。

清水 やっぱり皮膚からの情報で。

甲野 これを全国各地で広めていますが、一件のクレームもありません。

清水 寝ている時もしっかり体が機能しているというのは、つくづく不思議です。

養老 それが典型的な誤解なんです。寝ている時は脳が働いていないと思われがちですが、とんでもない。意識のあるなしにかかわらず、脳はずっと仕事をしているわけですよ。そうじゃなかったら、呼吸も止まってしまうでしょ。

清水 そうか、血液も。

養老 そう、心臓も動いている。測ってみると、寝ていても起きていても、脳が消費するエネルギー量は変わらない。寝ている時間は人生の付録や無駄みたいに思われがちだけれど、同じように脳が働いている大事な時間なんですよ。よく不眠だという人がいるでしょう？　それが僕にはわからない。

清水　えっどういうことですか？

養老　3日がんばって起きてみてください。確実に眠れますよ。寝ないと生きていけないんです。僕なんか、今だってうっかりすると寝てしまいそうで……。

清水　いやいや、今は起きてください。（笑）

甲野　首が緊張していると、眠りが浅くなるんですよね。少しほぐしてから寝たほうがいい。

養老　枕が変わると眠れない、というのはそういうことですね。あとは運動不足か、昼間変な運動をしていると、体が凝ってしまう。

清水　養老先生、スポーツはなさるんですか？

養老　僕はやりませんよ。なんでいい若いもんが100メートルを血相変えて走っているのか、と思うくらいで。後ろから虎が追いかけてくるわけでもないのに。

清水　虎が追いかけてくる。（笑）

「自分の人生」とはいったい何なのか

甲野　先生が東大の解剖学にいらした時に、研究室に何度かお邪魔したんですけど、標本室には三木武夫元首相の脳がありますよね。

養老 首相は浜口雄幸、池田勇人と合わせて三人。

甲野 確か夏目漱石の脳も。

清水 人間の脳って個性があるものですか？

養老 ほかの臓器と同じで、「ここが欠損している」といったことはありますが、「天才だから脳みそもすごかった」とかいうのはないです。

甲野 標本室に錦絵みたいなものがたくさんあるので、「これ何ですか？」と伺ったら、入れ墨の標本でした。

養老 江戸時代、全身に色鮮やかな墨を入れるのが流行ったけど、明治維新の時に禁止されてしまったんですね。それで、後世に残そうと集めたんでしょう。芸術性も高かったから。

清水 皮膚だけを剥いで、展示しているわけですか。

養老 解剖で最初にやるのは、皮を剥ぐことなんですよ。甲野さんのように、真剣で巻藁を一閃《いっせん》、というのとは大違いで。

清水 時代劇では一撃で人を斬り倒しますけど、本当にあんなふうにスパッといくものなんですか？

甲野 そうですね。首をはねるのも、一刀両断で。

清水 首をはねるって、相当な達人じゃないと無理ですよね。

甲野 そんなことないですよ。私だって清水さんの首をやろうと思えば……。（と持参の刀に

手を伸ばす)

清水 いや大丈夫です。(笑)

甲野 斬首は生きている組織を切断するので、死体より斬りやすいんです。死んでるほうが、斬りにくいですよね?

養老 いや、僕は死んでる人しか切ったことないから(笑)。しかも、首を落とすなんて乱暴なことはしないもの。

清水 あははは。また「論より証拠」って、私を立たせないでくださいよ。ところで養老先生は、そうやって常に「死」と対面してきたわけですよね。普通の人は、死は怖いから近づきたくないという感覚ですし、私なんか小さい頃からずーっと怖い。先生にもう、恐怖はまったくないのですか?

養老 まあ慣れるんですよね。ただ、「死ぬのが怖い」という気持ちは理解できなくもないけど、自分が死ぬ時は、結局何もわからないでしょ? 「俺は今、脳卒中で死んだ」とかは思わないわけだから。

清水 確かに。(笑)

養老 一番困るのは、自分ではなく親しい人の死。子ども、親、連れ合い……これが一番困るし、「怖い」んですよ。自分の死なんて、自分自身は知ったことじゃない。

清水 言われてみれば、そうなったら自分はもういないんだった。(笑)

養老 今の話を、少し手前にさかのぼると、病気もそうなんです。「病気になったら大変」

と言いますが、困るのは自分ではなく家族でしょう。看病しなきゃいけないし。つまり、じつは病気って、自分のものじゃない。さっき言ったように、死もそうです。すると、「最後まで人生を全うする」とかいう時の、「人生」っていったい何なのか?

清水　そうなると、どこからどこまでが「自分のもの」なのか、境界線がわからなくなりますね。

養老　だから、時々周囲の人たちに確かめてみるといい。「俺が死んだら困るか?」って。

清水　だんだん困る人が少なくなってきたら、「私の人生もおしまいか」って。(笑)

養老　いたずらに死を恐れる前に、たまにはそんなことを考えてみたらどうでしょう。

裸で外を歩いたら捕まる理由

甲野　私の武術の研究を通してわかってきた体の使い方は、武道以外のいろいろなスポーツに応用しても有効です。実際にさまざまなスポーツ選手が、プロも含め、これを取り入れて成果を上げています。ですが、私の技と理論は、従来のものとはまったく異質ですから、実演してみせると、それが有効であればあるほど、多くの指導者から嫌な顔をされました。

清水　自分が学んできたことと違うから、認めたくない。

甲野　ある時、論客として一目置かれているらしい、とある競技のコーチの前で実演したら、その人が「あなただけができても意味がない。誰でもできないと」と言ったのです。私は内心あきれて、「では、あなたはイチローやマイケル・ジョーダンのような、ほかの選手が真似できない技は無意味だと思っているのですね?」と返しました。そこで初めて、そのコーチは自分がどんな馬鹿なことを言ったのか気がついたようです。

清水　そういう人とは、徹底的にやり合うんですね。(笑)

甲野　状況によっては……。相手が一言いえば、その矛盾をつく反論が三つは浮かんできますから。

養老　まさに「ソクラテスの産婆術」だ。彼が母親の職業になぞらえて命名した、「自分は相手が真理に到達するのを助けるだけだ」という対話術。僕も講演などで時々やるんです。「今日は人間の体について考えてみます。ところでみなさん、私たちは裸で外を歩いたら捕まります。なぜいけないんでしょう?」と質問する。すると、手を挙げた人が「若い人に悪影響があるから」と答えます。「じゃあ若者に悪影響があると、どうなるのでしょう?」と言うと、別の人が「世の中が乱れるから駄目なのだ」と。さらに「世の中が乱れると、なぜ駄目なんですか?」と聞いたところで、たいていその人は怒る。

清水　先生も人が悪い。(笑)

養老　ちなみに、ソクラテスは最後、アテネの民衆の人心を惑わすということで死刑になったから、注意が必要です。(笑)

清水　あははは。

養老　当時は、牢番に金を摑ませれば逃げられたので、それも織り込んで死刑判決を出しているのに、へそ曲がりのソクラテスは、逃げなかった。いずれにしても、そういうふうに意表を衝いた話をすると、思考の到達点がわかるわけですよ。甲野さんがおっしゃるように、やっぱり考えていない人が多い。裏を返すと、人間はもっと考えることが必要なんです。

甲野　そういう思考を鍛えるのが、本来の教育の目的だと思うのです。そして、その思考も体の実感を通して、確かなものにしていく必要があると思います。

無数の菌とざわざわ生きる

清水　養老先生といえば「昆虫博士」としても有名で、子どもの頃から虫を追いかけてきたんですよね。虫の棲む環境って、やっぱりかなり変わりましたか?

養老　一言で説明するのは難しいけど、数が減ったのは確かです。

甲野　昔は、夏に高速道路を走ると、フロントガラスに小さな虫がビッチリつく感じだったのが、今はほとんどないですからね。

清水　家の中の蠅や蚊も減りました。シューッとひと吹きで、80日間、蚊が来ないとか。

甲野　何でも除菌だとか抗菌だとか、とにかく日本人の潔癖症すぎるのは問題です。

清水 同時に、アレルギーの人が増えているというのも不思議。

養老 ヨーロッパの調査結果によると、昔流に家畜小屋を出入りしているような生活環境にある家の子どもには、アトピーが少ない。小さい時から適当な抗原、すなわち細菌に出合っているからです。やはり、長年一緒に暮らしてきた生き物を無理に減らすようなことをすれば、しっぺ返しは避けられません。

甲野 テレビなどでは、「細菌がこんなにいっぱい」って。除菌しないと非常識者扱いでしょう。

養老 そもそも、一人の人間に、どれだけの細菌が棲み着いていると思いますか？　最近のアメリカの研究では、１００兆だって。細胞は10兆の桁だから、それよりはるかに多いわけです。よくエスカレーターの手すりのベルトに「抗菌」なんて書いてあるでしょう。でも、ベルトを摑んでいる本人は、１００兆の細菌を飼っている（笑）。そんなに除菌したかったら、まず自分をやったらどうかと言いたい。

甲野 同じものを食べても、「飼って」いる腸内細菌の種類や数によって、消化の度合いは変わってきます。たとえば普通は便通をよくする程度の食物繊維が、人によっては腸内細菌でアミノ酸に分解される。そう考えると、今の栄養学がいかに大雑把かわかります。

養老 薬もまったく同じ。人体に入ってまず引っかかるのが細菌で、それとのせめぎ合いによって、人への効果は大きく変わる。同じ薬を飲んでも、効く人と効かない人がいるのは、当たり前なんです。

清水 菌たちも体の一部みたいなものだったんですね。

養老 そう。共生してるの。この感覚を、ほとんどの人は持っていない。さっきの人生の話ではないけれど、「自分の体は自分のもの」だと信じ込んでいるのです。でも、それは大きな誤解なんですよ。

甲野 私は、無数の生き物と一緒にざわざわと生きているという感覚がありますよ。

養老 群れですよ、群れ。

清水 すごい。つくづく「一人で生きているわけじゃない」んだなあ。

私たちを、笑わせてくれるもの

藤井隆

野沢直子

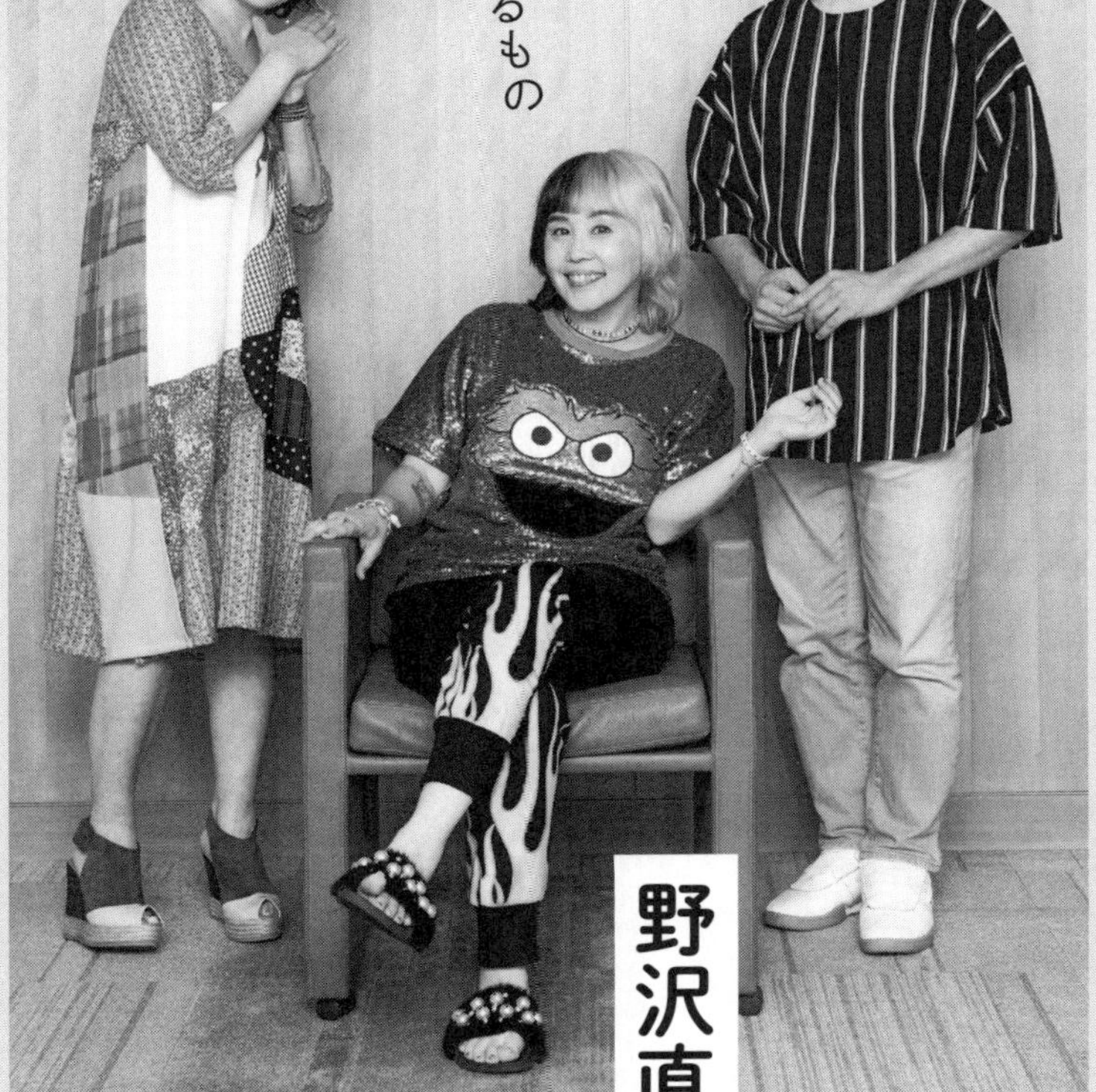

のざわ　なおこ

芸人。１９６３年東京都生まれ。数多くのテレビ番組で活躍するが、91年に渡米し、アメリカ人ギタリストと結婚。サンフランシスコに居住し、年に数回帰国して日本での芸能活動を続けている。

ふじい　たかし

芸人。１９７２年大阪府生まれ。芸人、タレント、俳優として幅広く活躍。「ナンダカンダ」で歌手デビューした２０００年には、『ＮＨＫ紅白歌合戦』に出場。主宰する音楽レーベルなどで、音楽プロデューサーとしての顔も持つ。

（『婦人公論』２０１７年8月22日号掲載）

バラエティ番組『夢で逢えたら』で、清水さんと共演していた野沢直子さん。年に一度の里帰りの機会に、公私ともに親しい藤井隆さんと集まりました！

あの野沢直子が子どもを溺愛するなんて

清水 お帰り！　こうやって会うと、夏が来たっていう感じがするわ。

野沢 日本に滞在するのは毎年、夏の2ヵ月だから、この三人で一緒に顔を合わせるのは、年1回あるかないかだね。

清水 今年は長女の真珠《しんじゅ》ちゃんが日本で格闘家デビューするから、また特別だろうね。（注：この鼎談は、真珠さんのデビュー戦の前に行われました）

藤井 ほんとすごい。今の心境は？

野沢 いや、もう吐きそう。

清水 思い出すなあ。直子ちゃんの娘たちが昔うちに遊びに来た時、3階から、庭にいた三谷幸喜さんを標的にしてふざけてホースで水をかけて……。藤井君もいたよね。

野沢　二人とも小学生の頃よね。三谷さんがタバコを吸ってたの。

清水　そもそもそれが誤解。三谷さんタバコ吸わない人だよ。なのに、なぜか彼を見る二人の目が、キラ～ンって。

野沢　三谷さん、びしょびしょになって帰っちゃった。あっははは。

藤井　あはは、じゃないでしょ！

清水　普通の母親なら怒るのに「まあ、うちの子が」って、一緒に笑ってるんだから。

野沢　今でもはしのえみちゃんとかに会うと、必ずその話になるの。

清水　その子が、今や格闘家になって、さいたまスーパーアリーナに出場するんだもんね。

藤井　しかも、すごい美人じゃないですか。

野沢　ありがとうございます。私が産んだんですよ。

清水　はい、もう1回！（笑）

野沢　私が産んだんですけどね。

藤井　やっぱ似てますもん。

野沢　そうですか。娘は、そう言われるとすごく嫌がるんだけど。

清水　わが子が殴ったり殴られたりっていうのは、もう慣れた？

野沢　いやいや、頑張ってほしいけど、見るのは怖い。金網に囲まれたなかで、馬乗りになってボコボコにしたりするんだよ、総合格闘技って。

清水　殴ってるほうならいいとか？

野沢　あ、この前の試合がそれだったの。「嫌だなあ」と思いながら血まみれの姿を見てたら、出血しているのが試合相手だったから、まあいいかって。やれやれー！　ははは。
藤井　ジョークですよね？　面白おかしく話してるだけですよね？
野沢　そうそう、そうそう。（笑）
清水　でもさあ、娘を必死に励ましたり、試合を見ながらわんわん号泣したり。溺愛してるよね。こんな優しいママになるなんて、昔の野沢直子からは想像もつかない。
野沢　恥ずかしーい。
清水　藤井君のところも娘さんだよね。いくつになったんだっけ？
藤井　9歳です。イラストレーターさんになりたいみたいですよ。色鉛筆のプレゼントとか、すごく喜びます。
野沢　ふふふ。これからよ、悪くなるのは。
清水　人は殴るわ。
野沢　そう。水はかけるわ。（笑）
藤井　気をつけないと。
野沢　ミッちゃんのところの娘さんも、いい子よねえ。
清水　私にぜんぜん似てないの。今は障害を持ったお子さんを預かる施設で働いてる。
野沢　すごく落ち着いていていて。
清水　「お母さん、夢中になれることがあってよかったね」みたいな。

藤井　ははは。

野沢　ほんとなの。ミッちゃんよりよっぽど大人。まあ、人のことは言えないけどさ。

タモリさんや鶴瓶さんの〝芸〟にしびれて

清水　『夢で逢えたら』に一緒に出てたのが１９８０年代の終わり頃からだから、直子ちゃんとはもう30年のつき合いになるんだ。

野沢　お互い歳とったよねえ。ミッちゃんは中身はぜんぜん変わらないんだけど、おんなじこと何回も言うようになった。

清水　それは酔った時でしょ。

野沢　「この前さぁ、香港に行った時にさぁ……」。

清水　やめてー。もうやめてー。

野沢　ババババってしゃべって5分ぐらいしたら、「あのね、この前香港でさぁ」。(笑)

藤井　お二人は、出会った頃からこんな感じだったんですか？

清水　若い時は、今ほど仲良しでもなかったよね。つるんで遊ぶわけでもなし。私のほうが3歳上なんだけど、直子ちゃんはもっとずっと下なのかと思ってた。

野沢　『夢逢い』の頃は、遊ぶ時間もなかったような気がする。

清水　藤井君とは、お昼の番組の『ごきげんよう』が最初だっけ？

藤井 何かのロケだったような気もするんですけど、いずれにしても90年代だったのは確かです。僕、デビューが92年なので、野沢さんはすでに渡米されていたんですよ。
野沢 あ、そうだったんだ。私がアメリカに渡ったのは、その前の年だからね。
藤井 とにかくお二人は、僕にとって憧れの人で、学生時代から『笑っていいとも！』とか、欠かさず見てましたよ。
野沢 『いいとも』では、私たち共演してないんだよね。
清水 そう、曜日が違った。あの番組では直子ちゃんが先輩で。ハワイロケとかに行ったんでしょ？
藤井 えー、本当ですか？
野沢 バブルだったからね。中継が終わったら、タモリさんたちと（笑福亭）鶴瓶さんの別荘に行ってずっと遊んでた。
清水 いい時代だよね。
野沢 別荘で何をするかと思ったら、タモリさんがいきなり全裸になって、正座して服を畳み始めるわけ。（笑）
藤井 あははは。いい時代。
野沢 で、もちろん鶴瓶さんも全部脱ぐじゃん。
清水 「もちろん」って。（笑）
野沢 正座するじゃん、服畳むじゃん……。ははは、バカな大人だよね。でも最高だったよ。

清水　3年前の『いいとも』の最後の打ち上げの時にも、「さすがタモさん」だったよね。私たちのところに来てさあ。
野沢　スーツの裏地に、いわゆる「卑猥なイタリア語」を刺繍しているのを、ちらっと見せてくれるの。えーと……。
清水　「フェ××オ・ボッ×ーニ」。
野沢　それそれ。(笑)
藤井　あははは、マジですか。
清水　中居（正広）君とか香取（慎吾）君とか、とにかくみんなが感激して泣いたりしてるなかで、この人こんなことして「遊んで」るんだと思うと、やっぱりすごいなあって。
野沢　ほんとに。私はますます好きになった。

師匠がこっぴどく叱ったわけは

藤井　ところで、さっきから僕たち、雑誌で「カットされる話」ばっかりしてません？
野沢　確かに。担当者がペンをバキッて折る音が何度も聞こえたわ。どうしよう、写真が異様に大きくなったりして。
藤井　グラビアページになっちゃうよ。(笑)
清水　気を取り直して……いつかのあの話、面白かった。ほら、デヴィ夫人から人違いされたという。

野沢 テレビの収録で偶然デヴィ夫人の隣に座ったら、初対面なのにやたら親しげに話しかけてくるのね。番組と関係ないことを、あれやこれや。すごい人だなと思って「そうですよね」って相槌打ってたら、最後の最後に「あら、あなたマラソンの方じゃなかったの?」だって。「松野明美じゃありません」。(笑)

清水 極めつきは細木数子さんよね。伝説のブチギレ。

野沢 知らなかったのよ、有名な占い師だなんて。あんまり上から目線でガンガン言われたから、思わず「このクソババア」って。

清水 何てことを。

野沢 向こうも怒っちゃって、「ババアにババアと言う人は、もう占いません」「あ、ババアって認めるんだ」……。

清水 すごい展開。(笑)

野沢 ふと見たら、MCのくりぃむしちゅーさんの目がすっかり泳いじゃってて、スタジオもシーンとなって。「あれ、何よこの雰囲気……」っていう感じ。でもさ、ミッちゃんだって、似たような経験あるでしょ?

清水 モノマネした人の中には、怒っている人がいるかも。昔、長渕剛さんのモノマネをしてたら、長渕さんの事務所から「本人がぜひお話をしたいと申しております」という電話がかかってきたの。「コンサートに来て、終わったらぜひ楽屋に」って。終演後

野沢 にブルーな気持ちで楽屋のドアをノックしたら、「新しい俺、見てくれたか?」って。

清水 あはは。「新しい俺」。

藤井 「はい」って答えたら、「今度はそれをどんどんやってくれ」って。ジーンとした。

清水 わ、カッコいいじゃないですか。

野沢 ヒヤヒヤしたけど、さすが大物。安心したり感心したり。グッズやDVDをたくさんいただいて、帰りは足が軽かったよ。藤井君は誰か怒らせたことある?

藤井 ないよねえ。しっかりまわりを立てるし。

清水 いや、そんなことないですよ。例えば若手の頃、今は吉本新喜劇で現役最年長の桑原和男さんという、おばあちゃん役で有名な師匠の湯飲みの蓋を割っちゃったことがあるんですね。楽屋を掃除してて。「あ、しもうた」と思って、向かいのスーパーでおんなじのを買ってきたんですけど、師匠がすぐにお気づきになった。

藤井 バレちゃったんだ。

清水 「すみません。割ってしまったので、取り替えました」と言ったら、「どうしてすぐに謝らないんだ」とすごい怒られた。「誰もお前に弁償しろなんて言わない。だいたい、お前はここで野球をしていたわけじゃないいんだろ」って。

藤井 さすが吉本。怒り方にもひねりを効かせてる。

清水 それから、今いくよ師匠にも……。僕、デビュー当時から、本当によくしていただいた思いしかなかったんですよ。

野沢　優しいもんね。何をやったの？

藤井　吉本のニューヨーク公演があったんですね。

野沢　あ、私行ったわ、それ。

藤井　その時に日本からのツアー客向けのディナーショーがあって、ＭＣを命じられたんですよ。ところが、花紀京師匠が登場する時に、「岡八朗さんです」って言っちゃった。

野沢　あらら。巨匠同士を取り違えちゃったのね。

藤井　そうしたら、いくよ師匠に「なんちゅうことすんの！　どないな間違いしてんのよ」ってこっぴどく。でもね、後で楽屋に行ってあらためて「すみませんでした」と頭を下げたら、「藤井君、堪忍な。あそこで誰か叱らんとなぁ。花紀京師匠に怒らしてる場合じゃないから」と。そういうふうに気を使ってくださって。

野沢　やっぱり優しーい。ちなみに花紀師匠はどうだったの？

藤井　「かまへん、かまへん」って言ってくださいました。まあ、あれは今でも忘れられない失敗です。

父親が残した「新しい家族」

清水　ところで直子ちゃんには、娘の格闘家デビューのほかにも、大ニュースがあったんだよね。なんと、タイに「妹」がいたという。

藤井　えっ、どういうこと？

野沢　私の父親は、まあいろんな仕事をしてたんだけど、時々行方をくらませることがあって。そしたら、実はタイに「家庭」を持っていて、そこにルンルンっていう私より20歳ぐらい下の娘がいたことを、数年前に知ったの。でも、父には「前科」があってね。

清水　アジアの別の国にも、「弟」がいたわけ。お母さんが亡くなってから、それを知ったんだよね。

野沢　私が26歳の時かな。母が死んで半年ぐらい経ってから、父が柄にもなく神妙な顔をして「再婚したい」と言うのね。しかも「ごめん、そこには俺の子どもがいる。隠そうと思ったけど、顔が似てるんだ」って（笑）。もう私、笑っちゃって、「いいよ」と答えるしかなかった。

清水　直子ちゃんのお母さんは生前、「お父さんには、どこか別の国に別の家があるんじゃないか」って言ってたのよね。何でわかったんだろう？　しかもカーッとなったりせず、冷静でいらしたんでしょう。

野沢　若い頃はカッカしてたのかもしれないけど、私が高校生の頃には「相手がフランス人だったら、子どもに『パパン』とか呼ばれてるかもよ」なんて、一緒に大笑いしてた。

藤井　直子さんには、そんな父親に対する怒りみたいなものは……。

野沢　母親があれだけ寛大だと、私も自然とそうなっちゃう。

清水　でもすごいよねえ。ほんとに別の家庭があったんだから。

野沢 結局父は、その再婚相手と別れたんだけど、実はすでにその時には、タイにもうひと家族いたっていうわけ。

藤井 それはどうしてわかったんですか？

野沢 2年前に父が亡くなって、弟が遺品を整理していたら、小さな女の子と手をつないでいる父の写真と、「俺に何かあったら、ここにも連絡してくれ」ってタイの住所を記したメモが出てきたの。「わ、もう一人いたんだ」っていうことになって、それで番組（『中居正広の金曜日のスマイルたちへ』）の企画でタイに行って会ってきた。

清水 どういう気持ちなの、そういう場合？

野沢 最初はなんか生々しい感じがしたんだけど、お母さんと成長したルンルンちゃんとその旦那さん、子どもたち、旦那さんの両親とかが集まって、タイ料理をふるまってくれて。みんないい人たちで、結局ドンチャン騒ぎ（笑）。「タイにも家族がいる」っていうことで、まあいいかと思った。

清水 いいかって思えるんだ。（笑）

野沢 でもね、お父さんの話になると、ルンルンちゃんがしくしく泣くのよ。写真とか見せてもらったんだけど、庭で抱っこされてたり、一緒に釣りしてたり、私の家にあるのと、まったくおんなじなの。「父親以外のメンバーが違うだけじゃん」と思った。

藤井 本当に「家庭」だったんですね。

野沢 向こうはこっちのことを、ずっと知っていて、「テレビで見たことあります」って言ってた。でも「こっちは分家みたいなもので、自分からは名乗り出られない」っていう感じだったらしい。私の娘のことも「すごいファイター」って言うの。そういえば、父はルンルンちゃんを、よくムエタイ観戦に連れて行ってたんだって。それを聞いた時には、ヒヤーッとした。もしかしたら、父の亡霊がうちの娘を格闘技の世界に……。

藤井 亡霊って言わなくていいですから。（笑）

野沢 最近はルンルンちゃんのお母さんから、ＬＩＮＥで連絡がくるよ。日本語は片言だから、スタンプをバンバン送ってくるの。ほぼ毎日。（笑）

藤井 直子さんと「家族」になれた嬉しさが、伝わってきますね。

憧れの人と演じられる幸せ

清水 私、藤井君の結婚式のことは、いまだに思い出す。憧れの桃井かおりさんとユーミン（松任谷由実）さんと、同じテーブルに座って。

藤井 あれはドリームテーブルでした。

野沢 私はトイレで桃井さんに声をかけてもらった。「子どもたちがかわいい」って。夏休みだから、娘たちを連れて行ったんだよね。でも藤井君、桃井さんと友達だったの？

藤井 友達なんて、とんでもない。ドラマで共演させていただいたご縁です。

清水 『ビューティ7』ね。私も最終回に、主人公の桃井さんに憧れる隣人役で出た。

野沢　そうなんだ。

清水　桃井さん、高橋克実さん、藤井君、私で食事に行ったよね。桃井さんの声を聴きながら、私、本当に桃井さんのマネしたくなるのをずっとこらえてて。食事のあとタクシーに乗ってから、「下北沢まで」。（桃井さんの口調）

野沢　あははは。モノマネで一息ついた。

清水　ユーミンさんとの関係は？

藤井　今田耕司さんのお供で、松任谷ご夫妻の自宅にうかがって、食事をご馳走になったことがあるんですよ。

清水　滝、いくつあった？

野沢　スリッパ、どういうやつ？

藤井　え？

清水　照明、シャンデリアだったでしょ？　壁からシカが顔を出していて。

野沢　床にはトラの敷物。

藤井　昭和何年の話ですか？（笑）

野沢　お金持ちのイメージが古いの、私たち。

清水　あははは。マジメな話をすると、ユーミン夫妻の結婚式のスピーチもよかったよね。「私たち、ここにこうやって二人で立っていて、（徐々にユーミンのモノマネに）一見仲がいいように見えるかもしれませんけど、さっきまで喧嘩してたんですよ」って始まって。

藤井　そっくりだし、何よりそうやっていろんなことを細やかに覚えていらっしゃるから、聞いてて楽しいんですよね、清水さんのお話。

野沢　同じこと何度も言うけどね。

清水　もういいったら！

藤井　僕本当に幸せだと思うのは、ミチコさんも直子さんもそうだし、コロッケさんとか関根勤さんとか、子どもの頃に大好きだった人たちと、今仕事でご一緒できてることなんですよね。

清水　へえ、何か〝引き〟があるんだ。

藤井　自分でも食らいついてるんでしょうね。好きだから。

清水　またドラマやるんでしょ？

藤井　はい。ＮＨＫの朝ドラを。

野沢　すごーい。

清水　大河ドラマの次は朝ドラかぁ。すっかり一流俳優だね。

藤井　大河には清水さんも出られてたじゃないですか。お姫様役は「清水ミチコここにあり」っていう感じで、完璧でした。

清水　完璧じゃない。誰でもできるよ、セリフなしだから。（笑）

野沢　やっぱりすごい二人。ほんと友達でよかったわ。これからも仲良くしてね。

ヘタウマの、意地

蛭子能収

五月女ケイ子

東京・下北沢の「古書ビビビ」にて。
思い思いの本を物色する三人。

えびす　よしかず

漫画家・俳優。１９４７年長崎県生まれ。『月刊漫画ガロ』で漫画家デビュー。「劇団東京乾電池」の公演を機にテレビに進出。俳優として数多くの映画・ドラマに出演するほか、映画監督としての顔も持つ。漫画以外の著書に『ひとりぼっちを笑うな』など。雑誌『アックス』で「隔月蛭子劇画プロダクション社内報」を連載中。

そおとめ　けいこ

イラストレーター。１９７４年山口県生まれ。テレビ番組『宝島の地図』内のコーナーを書籍化した『新しい単位』がベストセラーに。以来、その独創的なセンスで人気を博し、舞台やテレビでも幅広く活躍している。ＬＩＮＥスタンプ「五月女ケイ子のごあいさつスタンプ」が好評発売中。ツイッターアカウントは@keikosootome。

（『婦人公論』２０１７年9月26日号掲載）

世代も雰囲気も違うけれど、インパクトある画風で知られ、役者としても活躍するお二人。互いに面識はあるのでしょうか？

「小遣い制」でギャンブルもつましく

清水　蛭子さんとは、テレビの仕事で一緒になって以来20年ぐらいのつき合いになるけど、気づいたらすごい売れっ子になってました。雑誌にもいっぱい連載抱えてるし。しかも、漫画だけじゃなくて、お悩み相談の文章も痛快です。

蛭子　でも、俺はしゃべるだけで、書いてるのは記者ですよ。

清水　いいの、そういうことは言わなくて（笑）。子どもの頃から漫画家志望だったんですか？

蛭子　高校時代はグラフィックデザイナーになりたかったんですよ。ところが、美術の先生に世話された就職先が、地元長崎の看板屋だった。「蛭子くん、頑張れば社長になれるから」って言われたけど、そう簡単に文字なんか書かせてもらえない。看板をリヤカーに載せて取り付けに行くのがメインの仕事という、夢のない職場。結局、社長が死ぬのを待っていられないから、4年ちょっとで東京に出てきちゃいました。

清水　それで、漫画雑誌の『ガロ』とかに描き始めたわけね。

蛭子　上京してからもいろいろ苦労してたから、持ち込んだ作品が認められた時は嬉しかったですね。『ガロ』は経営難でお金は一銭ももらえなかったけど、漫画を描き続けたのが、結果的にはよかった。

清水　テレビは、何がきっかけだったんだっけ？

蛭子　「劇団東京乾電池」の柄本明さんに頼まれて、そこのポスターを描いていたんですよ。そうしたら柄本さんが、「今度うちの舞台に出てくれないか」と言うわけ。

清水　うわー。さすが柄本さん！

五月女　蛭子さんの才能を見抜いたんですねえ。

蛭子　いやいや。最初は断ったんだけど、何度も言われるから「じゃあ」って。出てみたら、一言もセリフがなくて、舞台の後ろでただ立ってるだけの役だったの。2時間くらい、ずっと。

五月女　え、ほんとですか？

蛭子　ほんと、ほんと。ところが、それを見たテレビ局の人が、なぜか「テレビに出ませんか？」って。それが『笑っていいとも！』の前身の、えーと、何だっけ？（マネージャーのMさんに助けを求める）

M　違いますフジテレビの横澤《たけし》（彪プロデューサー）さんに声をかけていただいて、『いいとも』の夏休みコーナーに1ヵ月出たのが最初です。

清水　「テレビ局の人」というのが横澤さんなの？　それはすごい話じゃないですか。というか、こんな肝心の部分を覚えてないって……。（笑）

蛭子　歳をとって、いろいろとね。

清水　今に始まったことじゃないでしょ。それにしても持ってますね。テレビに出たいって一所懸命頑張っても、簡単に夢が叶う世界じゃないのに。

蛭子　そうですね。なんかなりゆきで、そうなりました。

清水　蛭子さんといえばギャンブルですけど、最近はどうなんですか？

蛭子　歳のせいか、やっぱり守りに入ってますね。前のように、バカみたいに賭けたりしない。俺はボートレースしかやらないんだけど、今は月に1万円ぐらい、チョボチョボと。ギャンブル、やります？

五月女　いえ、宝くじも買ったことないですね。パチンコを1回やってみたけど、ほんの数秒、目の前を玉がザーッて流れておしまい。何だこれ、と思って。

清水　宝くじをギャンブルに入れた（笑）。でもギャンブルは一度ハマるとなかなか賭け金を減らせないって聞くから、その点、蛭子さんは冷静なんだね。

蛭子　今の奥さんと再婚してから「小遣い制」になって、そもそもお金をそんなに自由に使えないというのも、あるかなあ。

清水　そのしっかり者の奥さんとは、どこで知り合ったの？

蛭子　前の奥さんが亡くなって、寂しくて。それで、女性週刊誌の「お見合い企画」で相手を募集したら、けっこう応募があった。19歳年下なんですよ。

清水　へえー。

蛭子　うまくいくかどうか不安だったけど、結果オーライでしたね。まあ、しょっちゅう怒られてますけど。

映画を撮った男、映画を学んだ女

清水　さっきも言いましたけど、私、週刊誌に連載されてる蛭子さんのお悩み相談がすごく好きなんですよ。偽善的なにおいがまったくなくて、リアル。蛭子さん、空気を読まないでズケズケ言うでしょ。だから、逆に信用できる。五月女さんも、どっちかというと空気読まないタイプですか？（笑）

五月女　えっ、そうかなあ？　今も、蛭子さんに余計な茶々を入れないように、静かにしてたんですよ。（笑）

清水　あはは。そうなんだ。

五月女　蛭子さんとは、前に一度だけお会いしましたよね。

蛭子　あれ、そうだっけ？

清水　完全に忘れられてるよ！（笑）
M　蛭子さんが監督した映画のポスターを、描いていただいたじゃないですか。
蛭子　映画？　何の？
M　『歌謡曲だよ、人生は』です。
五月女　マネージャーさん、すごーい。蛭子さんいなくても大丈夫みたい。
清水　ほら出た、空気を読みなさい（笑）。それはどんな映画なの？
五月女　いろんな歌謡曲をモチーフにした11編のオムニバスで、蛭子さんはそのうちの1本の監督と脚本を担当なさって。
蛭子　そうか、思い出した。10分くらいの短編だ。
五月女　その映画のレセプションか何かでお会いした時に、私の絵を「いいですね」っておっしゃったんですけど……。
蛭子　すみません。
清水　蛭子さんが映画まで撮ってたとは知らなかった。
蛭子　こう見えて俺、すごい映画好きなんですよ。
五月女　その前に撮られた『諫山《いさやま》節考』っていう映画も、私観ました。すごく面白かった。
蛭子　あ、そう。でもね、去年テアトル新宿で、俺が監督した作品の上映会があったんですよ。行ってみたら、俺のほかに観客が一人しかいなかった。
M　いえ、20人いましたよ。

蛭子　そんなにいないって。

清水　たぶん、マネージャーさんが正しいと思う（笑）。私も同じような経験があるの。初めてライブをやった時、客席を見て「お客さんが5、6人しかいない」と感じてたんだけど、後で聞いたら30人くらいいたんだって！

蛭子　あ、そうなの？

清水　人の感覚とか記憶って、曖昧なもんだよ、ホント。蛭子さんが心酔した監督さんはどなたなんですか？

蛭子　よく観てたのは、勅使河原宏監督の作品ですね。『砂の女』がとにかくいい。けっこう芸術っぽいのが好きなんですよ。

清水　へえ、意外。主演は岸田今日子さんでしたよね。

蛭子　そう。岸田今日子が全裸になって、お尻のところに砂がポトポトと落ちていく……。

清水　芸術って、そこかい！

蛭子　いやいや、ちょっとサスペンスも交じってていいですよ。俺が一番好きな映画。

五月女　私も映画は大好きで、大学では映画学を専攻していたんですよ。映画研究部にも入って、8ミリカメラをいじってました。卒論は、アッバス・キアロスタミ。

清水　わあ、オシャレ。知ってる？

蛭子　いや、ちょっと。（笑）

五月女　イランの映画監督で、素人の子どもを集めて撮った『友だちのうちはどこ？』とか。

小津安二郎監督の影響を受けたとも言われてます。

蛭子 そうなんだ。

清水 五月女さんは、映画への造詣も深いんですね。マニアックすぎる蛭子作品を知っている謎が、それで解けました。

蛭子 どういう意味、それ？（笑）

描くのがつらい時期もあった

清水 イラストを描き、舞台にも立つ五月女さんだけど、スタートはどっちだったの？

五月女 イラストです。さっき、蛭子さんが就職で苦労された話をしていましたが、私が大学を出た時もバブル崩壊後の氷河期で、けっこう大変だったんですよ。だったら得意の絵で何かやろうかな、と。ただ人に会うのが苦手だから、持ち込みは無理で。

清水 意外に弱虫だったんだ。（笑）

五月女 そうなんです。目の前で、うまいとか下手とか言われるのに、耐えられそうになくて。それで、「郵送ＯＫ」の編集部だけにひたすら作品を送ってたら、たまたま雑誌『Ｈａｎａｋｏ』から連載の話が舞い込んだんです。

清水 わー、あんなオシャレな本からスタートしたんだ。具体的にはどんな仕事？

五月女 担当したのは健康ページだったんですが、当時はガーリーな作風だったので、かわ

清水　いい子宮の絵とかを描いていました。

五月女　「かわいい子宮」。笑える。

清水　ただ、今思えば「かわいい」っていうのが私には合ってなかったから、だんだんやりがいが感じられなくなって。ちょうど結婚もしたし、このまま専業主婦になろうかな、と本気で思うようになりました。

五月女　転機は何だったの？

清水　ＢＳフジの『宝島の地図』という番組の一コーナーで、今のようなタッチのイラストを描いたんですね。実を言うと、その時もつらかった……。

蛭子　描くのがつらい？　どうして？

五月女　20代半ばなのに、遊びの誘いを全部断って、毎日絵を描かなくちゃならないでしょ。しかもＢＳデジタルができた頃って、対応チューナーとか、見るのにけっこうお金がかかったから、私の絵なんて誰も見てないだろうと思うと、ただ描くことに青春を奪われているような気がして。でも、そこに描いたイラストが本になったとたん、バカ売れしたんです。その時初めて「ああ、世に出たんだ」と実感しました。

清水　ブレイクの瞬間かあ。五月女さんが舞台に立つきっかけは？

五月女　ちょうどその頃です。自分でも唐突にひとり芝居を始めて、だんだんコントの舞台なんかに立つようになりました。シティボーイズさんのライブにも出させていただいて。

清水　YOUさんと出たステージを観たことあるんだけど、すごい存在感なの。あのYOUさんを食いそうな勢い。

五月女　そんなことないですよ。

蛭子　ステージで大きな声を出すタイプには、見えないけどなあ。

清水　そう。蛭子さんと一緒で、「俺が、俺が」って感じで前に出ないの。そこが面白いの。

蛭子　みんながいじってくれるんだ。

五月女　そうですね。どちらかといえば、玄人受けする感じなのかなあ。自分で言うのもなんだけど。

ヘタウマにもこだわりがある

蛭子　さっき結婚したって言ったけど、五月女さんのご主人はどんな人なの？

清水　細川徹さん。演出家で、放送作家の。知ってる？

蛭子　ううん、知らない。

M　細川さんと宮藤（官九郎）さんの番組に出たことありますよ。

五月女　あ、『シロウト名鑑』ですね。思い出した。私、ナレーションやったんだ。

蛭子　何それ？　NHK？

五月女　いいえ。テレ東の深夜番組です。(笑)

清水　蛭子さん、どんどんハズレてるんだけど。（笑）

蛭子　あれー、まったく思い出せないなあ。

清水　こんな感じなのに、ドラマに出たらちゃんと演じるから、本当に不思議。最初の頃、セリフ覚えるのとか、大変じゃなかった？

蛭子　それがね、俺が喫茶店のマスター役（『教師びんびん物語Ⅱ』）とかでテレビに出始めた頃は、ちょうど「シロウトっぽい人」が求められていたんですよ。

清水　ああ、なるほど。役作りをバッチリするより、自然体を絵に描いたようなタイプに需要があったわけだ。

蛭子　絵も同じで、描いてたらヘタウマがブームになって。たまたま、そういう時代に乗ったんですね、俺は。

五月女　すごい。持ってるじゃないですか。

清水　そうだよね。

五月女　私もヘタウマ系なのかな。

清水　「うまいヘタウマ」（笑）。これ、『歌のアルバム』っていう2005年に出した私のCDなんだけど、ジャケットのイラストを五月女さんに描いてもらったの。（と蛭子さんに見せる）

蛭子　へー、俺なんかよりぜんぜんうまいよ。この指の動きとか、よく描けるなあ。あれ、でもちょっとここのとこ、おかしくないですか？

五月女　指はここまで曲がらない、とか？

蛭子　ここに見えるの、何指かなあ？

五月女　そこは、あえて柔軟性を持たせたわけです。指の間の「水掻き」のところを広くとって……。

清水　指の描写をめぐって、火花を散らすプロたち。（笑）

五月女　指や関節のサイズ感とか、大事にされているんですね。

蛭子　あ、俺？　してない、してない。こんなにきっちり描かないですよ。もうテキトー。

清水　（自身のほかのＣＤを取り出して並べつつ）私も、わりとこういうヘタウマっぽい感じの人が好きで、霜田恵美子さんとか、堀道広さんとかにも描いてもらった。これは誰の絵かわかるよね？　蛭子さん。

蛭子　ああ、あの大御所の。俺、家にも行ったことがあるんだけど……。ああ、名前が出てこない。あれ？　でもこれ、清水ミチコって書いてあるよ。

清水　いや、それは私のＣＤだからですよ！　天然ボケもいい加減にしてください。

五月女　あははは。

蛭子　思い出した。湯村輝彦さんだ。

清水　当たり。よかったよかった、蛭子さんが大先輩の名前を忘れてなくて。

蛭子　自分でもちょっと安心した。

元ネタを知らずに清水ミチコをコピー

清水　五月女さんは、私のライブにも来てくれるんだけど、一度びっくりしたのは、ステージで私が着ていたのと同じワンピースで現れたこと。

五月女　清水さんと、好きな服のブランドが似てるんですよね。でもあの日は偶然、柄までまったく同じだったから、「ああ、挨拶にも行けない。どうしよう」と思って、周囲からも気づかれないように、胸の前でずっと腕をクロスしてました。(笑)

清水　あんなことってあるんだね。

五月女　清水さんのステージはほんとに最高です。うちの娘も大ファン。今、7歳なんですけど、『清水ミチコ物語』のＣＤを完コピしてるんですよ。最初のドラえもんの……。

清水　ああ、「バッタもん」。

五月女　そこからラストまで、ずっと。

清水　くりぃむしちゅーの上田さんのお子さんも、あのＣＤの完コピするって言ってた。ただ、子どもだから暗記はできても、「全部、同じ人がやってる」ということが理解できないんだって。

五月女　それが清水さんのすごさですよ。うちの子は、全部清水さんがやっていることはわかるんですけど、元ネタの人を知らない。知らずに、「清水ミチコの土井たか子」を

清水　真似してる。(笑)

五月女　あはは。

清水　ライブに行けば、大喜び。また連れて行きますね。

蛭子　ありがとう。蛭子さんは、来たことないよね(笑)。あんまり舞台とかコンサートとかには行かないの？

清水　そうですね。一人では行かないし、かといって誰か友達と行っても、イマイチ……。

蛭子　そもそもこの業界に、「ねえ飲みに行こうよ」って軽く誘える仲のいい人って、誰かいるの？

清水　あんまりいないですね。俺、そういうのがすごい面倒なんですよ。仕事のない時は、一人で自由にしていたい。友達をつくると、それだけ自由時間がなくなるでしょ。

五月女　出た、蛭子語録。

蛭子　休日は、どうなさってるんですか？

清水　そう正面から聞かれると困っちゃうんだけど、家族とあちこち出かけたり。まあ、許してくれれば、一人でボートレースを。

蛭子　結局それが一番幸せなんだね。今いくつですか？

五月女　この10月で70。

蛭子　ぜんぜん見えない。若いですよ。

清水　芸能人として、よく生き残ってるなあと思います。まあ、ボーッとしてるようで、ちやんと世の中の流れを見るのが……。

清水 わ、最後の最後に秘めていたものが（笑）。「俺には、世の中が見えてるんだ」って。負けましたね、五月女さん。

五月女 完敗です。今日も、ずっと蛭子さんの掌の上で転がされていたんですね、私たち。

蛭子 いや、あれ？　見えてるように思うのは、俺の錯覚？

清水 それはわかんないけど、結果的にこんなに重宝されてるんだから、やっぱすごい人よ。

蛭子 でもねえ、ほんとに忘れっぽくなった。

清水 お昼ごはん、何食べた？

蛭子 あ、えっと……。

M 僕を見ないでください。今日はご一緒してません。

蛭子 あ、そうか。つばめグリルのハンブルグステーキだ。大好物なんですよ。なんか、いつもおっきなフルーツがついてくるんだよね。何だっけ？

M あれはトマトです。

清水 あははは。今日は、作り物でないおかしみを、お腹いっぱい堪能しました。

山下洋輔
井上陽水
われら、愉快犯につき

ジャズの殿堂、新宿ピットインのステージ。
1965年にオープンし、新宿文化とともに歩んできたライブハウス。

いのうえ　ようすい

ミュージシャン。１９４８年福岡県生まれ。69年にアンドレ・カンドレ名義で、72年に現在の名前でデビュー。以降、数多くのヒット曲を発表。日本ではじめてミリオンセラーとなったアルバム『氷の世界』をはじめ、『９・５カラット』『GOLDEN BEST』もミリオンセラーに。また、多数のアーティストへの楽曲提供を続けている。

やました　ようすけ

ピアニスト。１９４２年東京都生まれ。69年に山下洋輔トリオを結成。拳や肘打ちといったエネルギッシュな演奏で、ジャズ界に衝撃を与えた。98年芸術選奨文部大臣賞受賞、２００３年紫綬褒章、12年旭日小綬章受章。文筆家としても知られる。

（『婦人公論』２０１７年10月24日号掲載）

福岡・田川のボタ山は、ゲストのお二人の原風景。独特の田川弁でのトークは、清水さんが聞き取れないので控えていただきましたが——

田川弁を忘れたか、と叱られて

清水 お二人は、どこで知り合ったんですか?

山下 銀座のまり花っていう文壇バーじゃなかった?

井上 ですかねえ。

山下 はじめは、筒井康隆さんに連れて行ってもらったんです。吉行淳之介さんや星新一さんなんかも常連で。そこに陽水さんも来たんだと思う。

井上 1980年頃かなあ。

山下 その頃かな。あなたが顔を出すようになって、それまで「洋輔、洋輔」って言ってたママが、「陽水、陽水」になったんだよね。(笑)

清水 あははは。贔屓が変わった。

山下　陽水さんとは、10年ぐらい前にテレビ番組でご一緒したんだけど、忘れもしない、その前に六本木のバーで会った時、俺に向かって「あんた、田川もんやろ。俺も田川だから、一緒にテレビに出よう」って言うわけ。

井上　ありましたっけ、そんなこと?

山下　「田川もん」といっても、僕は三井鉱山に勤めていた父の転勤で、小学3年から6年まで住んだだけなんですよ。まあ、その間すっかり田川弁にはなったけど。

井上　田川ってね、「あら、どちらへおでかけです?」みたいな言葉を使ってはいけない空気が漂っているんです。会話は、「なんした?　どげんしよった?」と、喧嘩を売るような挨拶で始まる。

清水　今の陽水さんからは、そういう環境で育った雰囲気って、ぜんぜん感じられませんけど。

山下　そうだよね。でも、その翌日にきたメールの出だしが「きさん（貴様）!」だったんですよ（笑）。僕は田川に越して、登校1日目は周りが何を言ってるのかまったく理解できなくて、必死に言葉を覚えました。ところが、3年後に東京に戻ったら、今度は腹を抱えて笑われました。それで標準語に戻す努力を必死でしました――、という話を、前夜飲みながらさんざんしたのにですよ?

井上　「一度でもボタ山で遊びよった者が、田川弁忘れたげなふうして!」ってね。

山下　そう、お叱りを受けたわけです。「つやつけようっと、しゃーけあぐっど」だって。

清水 「だって」とおっしゃいましても、何ておっしゃってるのか全然わからない。(笑)

山下 僕はちゃんと覚えてるのよ。「つやつける」は「気取る」。「しゃーけあぐっど」は、「ボコボコにするぞ」くらいのニュアンスかな。

井上 3年間もいらしたのに、まるで田川に住んでいた過去なんてなかったかのように振舞われるのを見てね。「それはないでしょ、先輩」って。(笑)

清水 「ボコボコにするぞ」と。

井上 そういう喧嘩腰というか、上から目線の言い方しかないんですよ、田川弁には。(笑)

清水 陽水さんは、そこにいつまでいらっしゃったんですか?

井上 高校卒業までですね。その後、小倉に1年、博多に1年いて、家業の医者を継ぐために大学を目指してたんですけど、これは無理だなと思って。

清水 それで、いきなり音楽の道に行ったわけですか。

井上 そうそう。

山下 でも、高校ぐらいからいろいろやってはいたんでしょ?

井上 ミュージシャンにはたいていアマチュア時代があるものだけど、僕にはそれがないんですよ。浪人中に作った曲を放送局に持ち込んだら、「おっ、いいね。これレコーディングしよう」という話になって。人前で歌った経験もないまま、プロになってる。

山下 すごいね。やっぱり天性の音楽家なんだよ。

井上 いやいや。プロといっても最初の頃は思いあがりばかりで、ギターコードもほとんど知りませんでしたから。

モノマネの加害者、被害者、ただ笑う人

山下 おミッちゃんと僕は、何が最初だっけ？

清水 たぶん、筒井康隆断筆祭じゃないですか。

山下 ああ、あの時か。小説の差別表現を問題にされた筒井さんが、怒って「ならば筆を折る」と宣言してね。それを僕らは、筒井さんの復活を願う〝お祭り〟にしちゃった。（笑）

清水 94年4月1日ですね。中野サンプラザが超満員でした。

山下 おミッちゃんは誰をマネたんだっけなあ。とにかく大ウケで、僕も最初から最後まで笑い転げてた。あれ以来、僕は清水ミチコのファンになりました。

清水 ありがとうございます。

山下 ある時、六本木のバーで一緒に飲んでいて、置いてあるピアノを僕が弾いてたら、上のほうの鍵盤を勝手に弾き始めたことがあったよね。

清水 ええっ、ほんとですか？

山下 「後で弾かせてあげるから、今はやめなさい（笑）」って言った覚えがある。

清水 あー、酔っぱらってたんだ。最悪。思い出せない。世界の山下洋輔に、なんと失礼な

ことを……。

山下 2013年の、初の武道館ライブにも行きましたよ。モノマネで100人くらい出てきた。もちろん陽水さんも出てくるわけ。抜群に面白いんだよ、これが。

清水 観に来てくださってありがとうございました。(陽水さんを見て)あ、その節はお花をありがとうございました。

井上 あ、武道館デビュー、おめでとうございました。大盛況でね。

清水 知らないくせに(笑)。あらためて本人を前にすると、なんだか万引き犯のような気分がする。井上陽水、いただき(笑)。そういえば今日は、モノマネ加害者と、モノマネ被害者と、それを見てただ笑って喜んでいる人の取り合わせですね。

山下 あははは。そういうことになるね。

清水 陽水さんって、ライブとか行ったりするんですか?

井上 ほら、うちのかみさんとユーミン(松任谷由実さん)が仲いいから、かみさんの後ろに隠れながらユーミンを聴きに苗場まで行ったりね。

清水 いや、隠れられないでしょ。(笑)

井上 だって、ガチで聴きにいくのは、照れくさいじゃない。そういえば昔ね、僕のレコーディングディレクターが、北海道に安全地帯っていう、無名だけどすごくいいバンドがいる。ぜひ旭川まで観にいこうって言うんですよ。

山下 ああ、彼らは陽水さんのバックバンドをやっていたね。

井上 そう。正直なにがいいのかよくわからなかったんだけど、そのディレクターがあまりに薦めるものだから、なんとなく一緒にやるようになって。そしたらあっという間に大ブレイクですよ。ああ、俺って全然見る目ないんだなあって思った。この頃、ようやくよさがわかってきたんだけどね。（笑）

清水 遅いよ！

山下 でも彼らにとっては、陽水さんは神様のような存在でしょうね。僕も、番組に呼んでいただいたし（笑）、陽水さんに感謝してますよ。

芸術肌には、れっきとしたルーツあり

清水 ユーミンさんと言えば、「清水さんは愉快犯だと思う」って言われたことがあるんですよ。

井上 なるほど、愉快犯ね。（笑）

山下 あははは。世の中を騒がせて喜ぶ。言い得て妙。

清水 そんなに納得するんだ。やっぱり愉快そうに見えるのかな（笑）。でも私一代でこうなったわけではなくて、私には「嘘つきえいざ」と呼ばれた、ひいじいちゃんがいたことがわかったんですよ。法螺《ほら》をふいては村を騒がせたっていう人。陽水さんは、何かそういう先祖の話ってないんですか？

井上 父親は高知の人間で、福岡というのは母方の郷《さと》なんですね。福岡に、「にわか」っていう伝統芸能があるでしょう。笑っているようなお面をかぶって、皮肉めいた語り口で世相を切ったりして楽しませる狂言のようなものなんだけど、母の実家はその筑前にわかに関わってたらしい。だから、僕にもそういう血が入っているみたい。

清水 皮肉めいてるけど、いつの間にか周りを笑わせてる。まさに陽水さんらしい。（笑）

山下 僕も家系を調べたことがあるんですよ。でも、父方の曽祖父はガチガチの明治のおまわりさんだった。バンドマンの先祖がおまわりさんっていう、あってはならぬ事実を見つけちゃったんだよね（笑）。そちらには音楽のＤＮＡはなさそうだけど、思い返してみると、物心ついた頃には家にピアノがあった。それは、母の嫁入り道具だったわけです。

清水 嫁ぎ先にピアノを持って来るっていうのは、すごいですね。

山下 クラシック、バリバリでね。音楽大学に行きたかったけれど、親に止められて嫁に来たんだという話を聞きました。きょうだいたちの証言によると、僕は立ち上がってヨチヨチ歩きができるようになるやいなや、そのピアノを「ガーン」と。

清水 生まれてすぐに今の山下さんの即興性を予言してる。

山下 子どもだから、面白がっていたずら弾きをするでしょう。そこが始まりなんだよ。始まりというか、今でも。おそらく生涯、いたずら弾き。

清水 うちの実家は、ジャズ喫茶なんですよ。父親が始めて、今は弟が継いでいるんですけど。

井上 へえ、そうなんだ。

清水 近所の人が、「ミッちゃんのお父さんは昔、ジャズをやってた」というから、私も弟もそれがちょっと誇りだったの。でも、演奏してるテープが見つかって聞いてみたら、なんとハワイアン。（笑）

井上 昔は、洋楽全般をジャズって言ってたからね。タンゴもジャズ、ハワイアンもジャズだったんだよ。

清水 ハワイアンを弾くお父さん、って、なんか陽気すぎ！（笑）

山下 とはいえ、れっきとしたジャズ喫茶のお嬢さんだから。

清水 飛騨高山ですけどね。中学の時、文化会館だったかに陽水さんが来てくれて。私、観に行きました。

井上 飛騨高山っていうのは、なんだか「しょせん田舎だろう」とは言い切れないムードがあるよねえ。

清水 ぷっ（笑）。あの時、ＭＣで何て言ったか覚えてます？「名古屋からどこに連れて行かれるのかと心配で心配で、僕は震えながらここに来たんです」って。

山下 あっははは。

清水 市民たちは涙しましたよ。申し訳ないことをした、と。

井上 若い頃はね、世の中がまだよくわかってなかったから。（笑）

清水　お互い、いい大人になったということで。（笑）

タモリを発見したジャズの精神

井上　僕がミッちゃんと最初に会ったのは、ずいぶん昔だね。
清水　そうです。ニッポン放送の番組でご一緒した流れで、車に乗っけてもらって。
井上　免許取り立てで、運転したくてしょうがない頃。僕は40歳過ぎて免許を取ったんだけど、それでも20年以上前ですよ。車内でタモリさんのテープを流して、「ここから勉強しなさい」みたいな偉そうなこと言ったのを覚えてる。
清水　私が「タモリのファーストアルバムですね」って言ったら、「これを知っていた人は、初めてだ」と盛り上がりましたね。陽水さんは同郷のよしみで、タモリさんとも仲が良かったんですよね。
井上　そうね。時々飲んだりしてました。
山下　僕は、さっき話したまり花とか新宿のバーだとかに、デビュー前のタモリを連れて行ったんですよ。「四ヵ国語麻雀」なんかをやると、もうみんな大爆笑で、誰からも気に入られてた。星新一さんなんかお尻に抱きついて、「こいつ、おもしれー」って（笑）。どこでも即興ライブができたんだよね、彼は。
清水　さすがですね。でもタモリさん、まだ素人だったわけでしょう。どうしてそんなに肝が据わっていたんだろう。

山下 やっぱりさ、九州人の……。

井上 いやいや、そこを九州でくくられてもねえ（笑）。でも山下さんは、「タモリの第一発見者」とも言われてるでしょう。

山下 1972年頃だったか、公演先の福岡のホテルで、自分のトリオのメンバーとドンチャン騒ぎをやってたわけ。その部屋の前を、偶然、友人を訪ねたタモリが通りかかって、「何だろう？」と。施錠してなかったんだね、ドアが開いたっていうんだよ。するとゴミ箱被って、虚無僧のなりをして踊ってるやつがいる。テナーサックスの中村誠一だけどね。（笑）

井上 やりますねえ。（笑）

山下 で、タモリは「ここは俺の行くべきところだ」と思ったんだって（笑）。部屋のドアを開けて、中腰になってそろりそろりと入ってきた。

清水 あははは、中腰で。でも見ず知らずの人たちでしょう？ やっぱり、すごい胆力だと思う。

山下 中村がとっさに「ダレニゲンスミダ！」ってインチキ韓国語で怒った。それにタモリが応戦して、デタラメ外国語合戦ですよ。でも、タモリが10倍うまかった。

清水 入っていくほうもすごいけど、受け入れる側も度量が広い。

山下 今になって考えてみると、タモリもジャズをやってたでしょう。あれは、ジャムセッションの精神そのものなんだよね。演奏の途中で、知らないやつが楽器を吹きながら入ってきても、排除はしない。下手だったら「早く出てけよ」という気持ちになるけれど、上手いと「やるじゃないか」って、それでつながりができていく。

清水 山下さんたちがタモリさんを発掘して、赤塚不二夫さんが、その才能に惚れ込んで居候させて。

山下 マンションの一部屋がタモリ専用だったの。たまに遊びに行くと、ナイトガウンを羽織って、ブランデーなんか勧めるわけ。「お前、偉くなったなあ」って言ったんだけど、実はその時はまだ何もやってなくて、ただ赤塚さんに「飼われて」いただけだった。(笑)

井上 あははは。それも胆力。

清水 出世なりすましの愉快犯。

山下 なんか世の中、愉快犯ばっかりだ。(笑)

誰かからエネルギーをもらいながら

井上 確かタモリさん自身も言ってましたね、「俺はなりすましだ」って。まあ、ミッちゃんもそうなのかもしれないけど。

清水 あ、それはその通りだと思う。自分の中の情熱的なものを表現しようとかはぜんぜん思わないけど、「誰かになって表現したい」っていうのが、すごくあるんですよ。なぜなのかは、よくわからないんだけど。

井上 人さまに向かってナマの自分を出すっていうのは、やっぱり抵抗があるじゃない。

清水 そもそも、お出しできるものがない。この前、洋服屋さんで、私に気づいた若い子たちのヒソヒソ話が聞こえてきたの。「あれってさ、本物?」「もしかしてモノマネ?」って。清水ミチコもモノマネだと思われていたのか。(笑)

井上 わははは。

山下 じゃあ「本物の私はどこ?」って(笑)。でもそう考えていくと、俺たちの商売はどこまでがナマの自分か、わからなくなる時があるよね。

清水 そう思います。

山下 僕の場合も、ピアノの前に座ったら、やっぱり別人にならないと表現できない。

清水 山下さんのような人でも、ライトアップされたステージに向かう時は死刑囚のようだって、どこかに書かれてましたよね。

山下 以前は、そんな心境になったものです。今では少し図々しくなったけど。

清水 陽水さんは、そういうプレッシャーみたいなものは、あんまりないんじゃないですか?

井上 いや、同じようなものでしたよ。でも最近はだいぶOKになったというか、むしろ人前に出たほうがいいような気がしてきたの。よく言うじゃない、ステージでみんなからエネルギーをもらうって。

清水 ああ、言いますね。

井上 それを実感するわけ。若い頃は、「そんなのいらん、いらん」と思ってたのに、今は「どうか私に力をください」って。(笑)

山下 そうだね。僕らも昔はドッカーンとかやって、「どうだ、参ったか」というノリが多かったけれど、確かに今はお客さんに「もらってる」感じがする。

清水 でもお二人とも、もし自分が死んでも、作品は永遠に残るわけですよね。羨ましい。

井上 ミッちゃんってさ、オリジナルの歌を出したことあるんだっけ？

清水 自分の声で、ですか？　ないない。過去も未来もありえない。

井上 今度出してみたら？　これが本物の清水ミチコだって。(笑)

山下 「ミチコの夢は夜ひらく」とかさ(笑)。聴いてみたい。歌唱力はあるし、ピアノは弾けるし。曲だって作れるでしょ、あれだけメロディ知ってるんだから。

清水 なんか、遊ばれてる(笑)。私のはモノマネなんです。後世に残らなくてもいいんです！

山下 まあ考えてみたら、みんな自分にしかできないことやってるよね。たぶん、これほど楽しいことはないんでしょう。

清水 そしてみんな愉快犯になった。(笑)

山下 僕もいたずら弾きを好いてくれている人がいる限り、それでいいと思ってる。

井上　確かにね。楽しみつつ、エネルギーをもらわないと。そういえば今度、出身高校の創立100周年の式典に呼ばれているんですよ。その話をタモリさんにしたら、彼も同じように母校に行って、途中までは別に何の感慨も湧かなかったのに、最後に校歌を歌っていたら急にこみ上げてきたらしい。涙が止まらなくなっちゃって、芸風が芸風だけに困ったって。僕もそんなふうになるのかな。どうなんだろう、ちょっと楽しみ。

清水　涙流すならいいけど、私たちモノマネ加害者に「きさん、しゃーけあぐっど」とか言わないでね。(笑)

育ちのよさと、寂しさと

きたやまおさむ

一青窈

きたやま　おさむ

精神科医・作詞家。１９４８年淡路島生まれ。現在も臨床医として患者の診療にあたっている。大学時代に「ザ・フォーク・クルセダーズ」を結成。「あの素晴しい愛をもう一度」「さらば恋人」などの作詞で知られ、「戦争を知らない子供たち」で日本レコード大賞作詞賞を受賞。『コブのない駱駝』など著書も多い。自選集ＣＤ『良い加減に生きる』をリリース。

ひとと　よう

歌手。１９７６年東京都生まれ。幼少期を台北で過ごす。２００２年、「もらい泣き」でデビュー。代表曲に「ハナミズキ」など。映画や音楽劇への出演、著書を発表するなど、歌手の枠にとらわれず活動の幅を広げている。

（『婦人公論』２０１７年11月28日号掲載）

世代は違えど、ともに歌手であり作詞家でもある二人。そして、〝モノマネ加害者〟の清水ミチコさんとしては、数多いる被害者誕生の背景は見逃せないようで――

日本初のミリオンセラーは手作りだった

清水　きたやまさんの「本業」は、精神科のお医者さんです。

きたやま　音楽の仕事は週末だけ。「週末ミュージシャン」っていうと、なんだかすごく楽そうに聞こえるね。（笑）

清水　そのライブに、私がはじめてゲスト出演することになったの。（注：この鼎談は公演前に行われました）

一青　そうなんですか！

きたやま　ライブといっても、「学問＋エンターテイメント」をコンセプトに、映像も駆使しながら、僕がその時々のテーマについて講義するというもの。「アカデミックシアター」と銘打って２０１０年から続けてるんですが、清水さんとは「音楽を聴きながら、その時代を解説する」っていうテーマでやりたいと思っていて。

清水　私はトークに絡んだり、歌ったり。最後は一緒に歌ってくださいと頼んでいるんだけど、きたやまさんからはちょっと嫌がられてる。

きたやま　今の僕、歌はセミプロみたいなものだから。(笑)

清水　私だって素人ですが。きたやまさんといえば、60年代後半に加藤和彦さん、はしだのりひこさんと組んだザ・フォーク・クルセダーズで一世を風靡《ふうび》。「帰って来たヨッパライ」は、オリコン初のミリオンだったんですよね。

一青　すごいですね。

きたやま　シングルが280万枚以上売れて。でも、実はフォークルとして活動したのは、67年末からのほぼ10ヵ月だけなんですよ。

一青　そんなに短かったんですか？　それにしては印象が強い気がしますが。

きたやま　「ヨッパライ」が爆発的に売れたからね。あの曲はほんとの「手作り」だったんですよ。僕がプロデュースして、みんなで曲を作って演奏して、売りにも行った。

一青　えっ、自分で売りに行ったんですか？(笑)

きたやま　アマチュア時代に、この曲が入ったアルバムを300枚作ったんだけど、100枚しか売れない。借金もしてたから回収せねばと、「かけてください」って放送局を回って。ビートルズも自分たちでプロデュースや曲作りはしたけど、売り子まではやらなかったと思うんだよね。(笑)

清水・一青　あははは。

きたやま　で、そのうちに火がついて。最初は僕らの営業活動の賜物だと思っていたんですよ。でもそうではなくて、ラジオ局のディレクターにあの曲を気に入ってくれた人がいて、意識的に流してくれたおかげでした。

一青　ミュージシャンが自ら売りに行くっていう思いが、どこかで伝わったんじゃないですか。

きたやま　ちなみに、「おらは死んじまっただ〜」っていう早回しの高い声は、加藤くんがうちにあったテープレコーダーで吹き込んだんですよ、最初。

一青　わあ、ほんとに手作りだ。

60〜70年代に激変した日本の音楽シーン

清水　でも、そんなふうにしてできた曲が大ヒットしたら、「次も次も」ってなりそうなものでしょう。10ヵ月でステージから降りたというのは、潔い感じもしますよね。

きたやま　そもそもの話をすれば、アルバムは解散記念のつもりで作ったんですね。それが想定外にヒットしたので、プロでやってみようかということになった。

一青　よく、辞める踏ん切りがつきましたね。

きたやま　僕はどちらかというと70年代のマインドで、「楽しいことをやろうよ」というノりだったのだけど、加藤くんは「60年代の闘士」だったんですね。あることをきっかけに「もう辞めよう」ということになって。解散コンサートが68年の10月半ばだったから、もう少し粘れば〝紅白〟に出られたかもって、それはいまだに心残り。(笑)

清水 今度のきたやまさんのライブの打ち合わせの時、「60〜70年代というのは、日本の音楽が大きく変わった、歴史的にも珍しい時代だった」というお話をうかがったんですよね。

きたやま そう。世の中にシンガーソングライターがどんどん出現したわけ。

一青 さきほどの、手作りのお話ということですか。

きたやま それまでは作詞家と作曲家がいて、歌手は与えられた作品を歌うのが当たり前だった。でも、僕らははじめから自分たちで全部手作りして、それがミリオンセラーになっちゃった。当時の自分たちにはそのやり方しかなかったわけだけど、結果的に時代を変えた……と言えるのかな。大げさだけど。

清水 最初にそれをやったというところに、すごく価値があると思います。

きたやま 「そうか、自分で作詞作曲してもいいんだ」っていうのにみんなが気づいた。陽水なんかも、「これで稼げるのなら」なんて、よく冗談めかして言ってました。

一青 そこから、いろんな人が続いたわけですね。

きたやま 僕ら関西フォークが火をつけたあと、広島から吉田拓郎が出てきて、九州から陽水や南こうせつがやってきて。東京では荒井由実がデビューっていう、双六みたいな状況になった（笑）。そんな地殻変動が、60年代終わりからの5〜6年で起きたんです。

清水　面白いなあ。

きたやま　面白いし、カオス。僕ら10ヵ月で解散したという話をしたけれど、はしだのりひこくんは、その前に「はしだのりひことシューベルツ」っていうグループを結成していて、フォークルの解散記念コンサートで新曲を披露したんですよ。

一青　ええっ。そんなのアリなんですか？

きたやま　それがまたヒットして。そういうのが、あんまり違和感なく受け入れられていた。

一青　ハチャメチャだけど、新しいものを生み出す時代のエネルギーを感じますよね。

歌には、「演じる」楽しさもある

清水　カラオケに行って、履歴で何が歌われてるのかを見ると、いつも「ハナミズキ」が上位にあるよね。

一青　自分の作った曲がたくさんの人に歌われるのは、本当に嬉しい。ただ、「誰か私のために詞を書いてくれないかな」と思うことも、けっこうあるんですよ。

清水　え、そうなの？

一青　私、歌謡曲を歌うのもすごく好きなんです。ほかの誰かが書いたものを歌うって、他人の人生を生きてみるというか、ちょっと女優的な気持ちになれる。そこが面白いんですよね。

きたやま　女優的というのとは違うかもしれないけど、フォークルも元々は「世界の民謡を紹介する」っていうコピーバンドからスタートしてるんですよ、実は。余談だけど、僕らは関西だから当時は横山ノックさんの漫画トリオのコピーなんかもしてたの。僕がそこそこMCをこなせるのは、漫才で鍛えたおかげと言ってもいい。(笑)

一青　ステージ上で、MCは大事ですよね(笑)。ミチコさんが最初にどなたかをコピーしたのは……。

清水　生まれてこのかた、他人のコピーしかしてないの、私。

きたやま　あははは。

清水　人に見せるのを意識したのは、桜田淳子さんとか山口百恵さんとか天地真理さんとか、70年代半ばぐらいのアイドルが最初ですね。テレビを見ながらマネて、友達の前で披露して。ただその頃は、みんなを笑わせようとかいう気持ちはまったくなかったんですよ。桜田淳子になりきってるから。

一青　やっぱり。女優みたいに演じることが楽しかったってことですよ。

清水　そうそう。だから窈さんの気持ちは、よくわかる。自分のメッセージを聞いてほしいんじゃなくて、誰かになった自分が楽しいんだよね。そのほうが断然自由になれるという。

きたやま　ミチコさんは、きっと「70年代の人」なんだね。僕らの年代までは、誰かを演じていては自由になれなかった。あくまでも自分たちが出たい、喋りたい、だったから。そういう意味でも、大きな時代の転換期だったんだろうなあ。

清水　そうでしょうね。

きたやま　それと、僕らの時代は音楽しかなかったんですね。今は価値観も多様化したし、音楽以外の娯楽もいっぱいある。さらに言えば、僕ら団塊の世代は、周りに「仲間」が大勢いた。この人たちに向かってメッセージを投げていれば、自然に「わー」となったわけです。今は、同世代にアピールしても、上からも下からも叩かれる、みたいなところがありますよね。

清水　確かに若者の数自体が減っているし、「誰に向かって語るのか」というのは難しい問題。

きたやま　だから、今のミュージシャンは大変だと思います。僕らなんかより、ずっと高い壁に挑戦してる。これからの日本の音楽を、よろしくお願いします。（と一青さんに一礼）

一青　え？　私ですか？　無理、無理。さすがに荷が重すぎますよ、それ。（笑）

いいミュージシャンを育む土壌

清水　実は私、この前はじめて、ちゃんとした形でユーミン（松任谷由実）さんとお会いし

たんですよ。モノマネ加害者と被害者、ハブとマングースの対決じゃないけど。(笑)

きたやま・一青　あははは。

清水　そしたら窈さんの話になって。7月、ユーミンさんがちょうど台湾の九份《きゅうふん》に旅行している時に、窈さんに二人目の赤ちゃんが生まれたのは、何かの縁かしらって話してましたよ。あの辺一帯、窈さんのおじいちゃん、顔《がん》一族の土地だったんだよね。

一青　そう。金鉱の町だったんですけど、鉱夫さんたちが住み始めて、そのまま居ついちゃったみたい。

清水　「どうぞ住みなさい〜お先に住みなさい」って?(笑)　私、ちょっとした持論があって、優れたミュージシャンにはなぜか「坊ちゃん」「お嬢ちゃん」が多い。きたやまさんもお医者さんの息子さん、陽水さんも矢野顕子さんもしかり。ユーミンさんは、老舗呉服店の娘だし。一流のミュージシャンは、ほとんど例外なく育ちがいいんですよ(笑)。そこは、貧乏のほうが面白いお笑い芸人とは、真逆の法則。

一青　小さい頃に、楽器を買ってもらう機会があったから、とかが理由ってこと?　それとも、ぬるま湯の中にいると、ある日それを打ち壊したい衝動に駆られるのかな。(笑)

きたやま　でも、音楽もお笑いに通じるところがあるんじゃないかと、僕は思うんだけど。「聞いてくれる人に向けて歌わなきゃ」っていう強い思いを生むのは、やっぱり寂しさみたいなネガティブな感情じゃないのかなあ。楽器は与えられたけれど、周りに誰もいなかったとか……。僕はまさにそうだったんですよ。自宅が病院だったから両親とも多忙で、「一人で遊んでいなさい」という家庭だったから。

清水 確かに、ただの坊ちゃんだったら、死に物狂いで曲を作るような方向にはいかないのかあ。

きたやま 寂しい環境の中で、無意識のうちに「表現しないと、誰も振り向いてくれないんだ」と思い込む。

一青 確かに、それはあるかもしれません。私も、寂しさや不安がいつも心の中に混在していたような気がします。それを埋めるアイテムは、私の場合、親に買ってもらうレコードでした。

清水 一人、レコードと向かい合ううち、いつのまにか音楽的な表現をしたくなったのかあ。

一青 ただ、寂しくても、そうやって「遊ぶ」余裕があったんですね。だから、ミチコさんの「ぼんぼん説」は、あながち間違いではないと思います。(笑)

きたやま 僕も、当時は珍しかったオープンリールのテープレコーダーが家にあった。さっき話した「ヨッパライ」の早回しは、それを一人でカチャカチャやっていたから閃いたんですよ。あなたたちは、カセットテープの時代でしょう？　録音して遊んだりはしなかった？

清水 やった、やった。私は矢野顕子さんのピアノをコピーしたのをテープに録音して、「ここはバッチリ再現できた」とか「ここは違う」とかって。

一青 私が高校時代にコピーしてたのは、マライア・キャリーやホイットニー・ヒューストン。

清水　うわ、高音が難しそう。

一青　テープの速度を変えられるから自分で分割して、フェイク（アドリブ部分）を細かく音符に直していって、こぶしをマネするんです。

きたやま　へえ。やったことはないけれど、面白そうだねえ。

清水　ここに、一流と「モノマネミュージシャン」の違いが、歴然と表れました。（笑）

一青　いや、そんなことありませんよ。

長く残る歌、時代を動かす笑い

清水　きたやまさんの曲はもう半世紀も歌い継がれているし、窈さんの歌はカラオケの大本命だし。いずれにしても、作品がこれからもずっと残るじゃないですか。それってすごく幸せなことですよね。救われたという人も多い。

きたやま　戦後の一時期、映画の時代があって、ちょうど僕らの時には、世の中が歌オンリーになったんですね。一つの曲を誰もが歌っていたから、みんなに刷り込まれて、それで長く残ったわけです。そういう意味では、僕らはラッキーだった。でも、自分の曲が「上を向いて歩こう」みたいに、歌手が死んでも歌い継がれるかどうかは、わからない。死んでから真価が問われるような気もする。

清水　イヤになるほどいつまでも残ると思いますよ。(笑)

きたやま　今は音楽業界をどう盛り上げていくのかというのも大きなテーマだと思うんだけど、例えばフォークとかニューミュージックの人たちが集まると、「何かみんなで歌える歌を考えようよ」という話になるんですね。ところが、これが一筋縄ではいかない。

一青　そうですね。何か有事の時に、「『We Are The World』のような曲を」っていう話が出たりもするのだけれど、なかなか実現できないです。

きたやま　僕は、「We Are Not The World」って曲を作ろうと思ったことがあるんだけど。

清水　あははは。

きたやま　それはまあ冗談として、「We Are The World」的な世界に関して言えば、チャリティに乗じてどこかで私腹を肥やす人間がいるんじゃないかと、日本人はすぐにそう考えるわけ。欧米流のチャリティ精神は「神様が見ている」という信仰心に裏打ちされているのだけれど、日本にはそういう意味での神様、いないから。

清水　絶対的な監視役がいないから、誰が何をするか疑心暗鬼になってしまうんでしょうか。

きたやま　一事が万事で、何か新しい試みをやろうとすると、「あいつが嫌だ」「こいつが駄目だ」で、結局まとまらなくなってしまう。まあ、これは音楽業界に限ったことではないですけどね。

清水　出る杭は打つ。(笑)

きたやま　だから、僕はお笑いには期待してんねん。吉本のあのエネルギーは、何かを生み出すんじゃないかと。

清水　突然関西弁になるし、すごい責任転嫁じゃないですか（笑）。でも、私は3・11の被災地に行った時、お笑いの限界というか無力さを痛感したんですよ。歌だったらその場にすっと入っていけるけれども、笑いはちょっと時期尚早という雰囲気で。

一青　そうかなあ。私はあの時、光浦靖子さんや、ゆってぃさんと石巻に行ったんですよ。私が歌った後、彼女たちが登場したとたんに子どもたちがワッて、花が咲いたみたいに笑って。「今、彼らが求めていたのはこれなんだ」と実感しました。

きたやま　そういう意味じゃ、清水ミチコは、両方やれるじゃない。（笑）

一青　そうですよね。歌も笑いも完璧だから。

清水　胡散《うさん》臭いだろうな、私のチャリティソング。（笑）

一青　「We Are Not The World」。（笑）

きたやま　あははは。いいねえ。

清水　募金は1円も集まらないでしょう（笑）。きたやまさんは、「次のライブが最後です」みたいな話をされてますけど、結局そんなことはないんですよね？

きたやま　僕、今まで何回も「辞めて」るんです。解散を決めるとヒットするっていう原体験があるから（笑）、「これが最後」って言ってれば、うまくいくんじゃないかと思って。心にある寂しさは今も埋め切れてないから、時々出て行って自己表現するのは、

清水　たぶんやめられないだろうなあ。きたやまさんならではの「週末ミュージシャン」、いつまでも続けてください。窈さんは、二人目の子どもが生まれて、作る詞が変わったりしそう？

一青　正直、今は授乳やおむつ替えはあるし、上の子もまだ手がかかるし、音楽のことを考える余裕がないくらいなんですよ。このバタバタが落ち着いた時に、自分の頭に何が浮かんでいるのか、私にとっても楽しみではありますね。

清水　シンガーとしての新境地、期待しています。きたやまさん、今度のライブ頑張りましょうね！

ナイツ（塙 宣之・土屋伸之）

二人で、一つ

かつて一度、トリオを組んだことがある三人。ナイツのホームである
東京・浅草の寄席、浅草演芸ホールのステージに再び立つ!?

ナイツ／漫才コンビ

はなわ　のぶゆき

１９７８年千葉県生まれ。ボケ担当。

つちや　のぶゆき

１９７８年東京都生まれ。ツッコミ担当。

２００１年に結成、漫才師・内海桂子の弟子となる。落語芸術協会に所属し、三遊亭小遊三一門として寄席にも出演。漫才新人大賞（03年）、ＮＨＫ新人演芸大賞演芸部門大賞（08年）、「THE MANZAI 2011」で準優勝、芸術選奨新人賞（17年）など受賞歴も多い。

（『婦人公論』２０１７年12月26日・２０１８年1月4日合併号掲載）

ナイツの二人と清水さんは、共演するラジオ番組でも自由すぎるトークを繰り広げ、笑いを届けている仲。なんとなくふざけにくい昨今ですが――

「ナイミツ」の名で、三人漫才をした過去

清水　ナイツとは、『高田文夫のラジオビバリー昼ズ』（ニッポン放送）で毎週木曜にご一緒してるから、やっぱり気が楽だなあ。（席を見渡して）あれ、この向かい合って話す距離感も、ちょっとスタジオに似てるね。

土屋　違いは、マイク挟んでいないことくらいですかね。ちなみに僕らは、必ず僕の右側が塙さんなんですよ。

塙　そう、「立ち位置」は大事。時々相方以外とロケをやるんですが、相手は絶対僕の左側にいてほしい。逆だとすごく嫌で。

清水　へえ、やっぱりそういうものなんだ。

塙　僕はいつもこう、ちょっと左側に体を向けてしゃべるわけ。この前、首の調子が悪い

から接骨院に行ったら、左にはよく曲がるのに、右は「いてててて」って。

清水　ははははは。いきなりボケなくていいよ。

塙　だって今日は「無礼講」なんでしょ、ほら。（と、連載タイトルを指差す）

土屋　なんなんだよ。無礼講って、話盛ることじゃないから。

塙　清水さんとご一緒しているラジオも2年くらいになりますけど、最初はちゃんと台本通りにしゃべってたのに、最近台本になんにも書いてないですね。

清水　あの番組、自由すぎるよね。ナイツなんて、スポンサーさんの大事なコーナーだってのに勝手に浅草演芸ホールの出番情報を絡めるし。

塙　天気予報の枠で、僕がルパン三世のマネで峰不二子を呼んだら、清水さん、フジコ・ヘミングさんのマネで答えてきたじゃないですか。

土屋　自由というより、めちゃくちゃですよ。

清水　塙さんがマネする内海桂子さんに、私がマネた瀬戸内寂聴さんが若手扱いされたことも（笑）。この間の、ある役者さんがセリフ飛んじゃったっていう話も面白かったなあ。

土屋　ああ、超のつく大御所。

塙　文学座の芝居観に行ったら、〇〇さんが……。

土屋　言うな。

清水　言いたくなるという。（笑）

塙　袖にプロンプター（セリフを教える人）がいて、その声が客席まで丸聞こえだった。

清水　そういう話を、ついしちゃうじゃない。

土屋　放送前にワイワイ話してることを、オンエアになってもそのまんましゃべっちゃうんだもの。

清水　でも、どういうわけかお叱りを受けたりしてないよね、私たち。

塙　ぜんぜんないですね。

清水　真面目な人がおんなじこと言ったら、きっと炎上とかするんだろうなあ。「あの人たちじゃ、しょうがない」って見られてるのか。

塙　間違いないです。

清水　そういえば私、ナイツに怒られたことあるの。『ビバリー昼ズ』25周年の記念イベントで、一緒に漫才をやったとき。

塙　ああ、ナイミツっていうトリオ名で。3年前ですか。

土屋　「高田文夫先生とサンドウィッチマンの伊達さん」とか、「U字工事と磯山さやかさん」とかで組むその日限りの特別ユニットで、ネタバトルをやったんですよね。

清水　私が、なかなか打ち合わせしないものだから……。

塙　みんな必死で練習してて、しかもすごく仕上がってるんですよ。それを見てたら、さすがに「一度やりませんか」って言うでしょう。でも結局、僕ら優勝したんだけど。

土屋　はっきり言って、僕はすごく不安でしたよ。

清水　でも「ほらね、大丈夫」って言ったでしょう。

土屋　あははは。

塙　まったく反省の色なし。（笑）

時事ネタで感じる人の記憶の移ろい

清水　今回は年内最後の掲載だから、ちょっと2017年を振り返ってみようと思うんだけど、今年はやたら女性が怒ってた印象が強いよね。豊田真由子さんとか松居一代さんとか。

塙　お笑いでも、それ一色でした。一時期、舞台の「豊田真由子かぶり」がひどくて。朝からみんなが入れ代わり立ち代わりやるわけ。単なるモノマネから、体を張って「もう自分も禿げてます。このハゲー！」っていうのとか、秘書のマネをして「そっちかよ」というパターンとか。だから、後半になるほどやりにくくって。

土屋　でも、やっぱりやらないわけにいかないから、さらにネタを一工夫して。

清水　ナイツがどう見せるのかは、お客さんも期待してるでしょうからね。

塙　小池百合子さんも話題の人だった感じがするけど、清水さんは昔からモノマネしてましたっけ？

清水　16年、もしかしたら都知事になるかもっていう頃からかな。私にとって去年は、新ネタ盛りで「おいしい1年」だったのよ。政治家で言えば、小池さんのほかに朴槿恵さんとかもいたし。でも今年になったら、小池さんは選挙で劣勢だし、朴さんは逮捕されちゃうし。

塙　「2年目のジンクス」みたいな感じですか。

清水　そうなると、モノマネはやりにくい。弱り目の人をいじると全然面白くないのよねえ。

土屋　同じ「弱り目」でも、デヴィ夫人の事務所が2億円騙し取られて、それでも「諦めるしかないわね」とかいう話だったら、みなさん笑ってくれますけど。(笑)

清水　世間が不倫に対してやたら厳しくなったのも、去年からよね。考えてみれば、昔の歌謡曲では不倫の歌なんてけっこう当たり前だったのに、最近ほとんど聴かないもの。

土屋　そのかわり、去年はラジオでゲスの極み乙女。をバンバンかけてましたけどね。(笑)

清水　私も川谷さんのモノマネ、バンバンしてた。だから、私にとっては去年が大漁で、それに比べると今年はいまひとつ勢いがなかった。

塙　確かに時事ネタには、当たり年みたいなものがありますから。僕らもちょうど、独演会の最中で、それこそ今年の出来事を振り返るっていう15分くらいの漫才をやっているんですよ。それで感じるのは、一年の序盤の出来事を、お客さんはすっかり忘れてるんだな、ということ。

清水　あ、それわかる。最近は何をしても忘れ去られるのが早い。

塙　「世の中に、賭けずに麻雀やってる人がいるんですか」「それ、福岡の飯塚の市長だろ!」ってやっても、客席はきょとん。佐川急便の配達員が荷物を投げているところを、マンションの屋上から撮られてたというのも……。

清水 あったね、そんなことが。

土屋 思い出してもらうためのフレーズを、どこまで言うのかがけっこう難しいんですよ。「佐川急便」まではっきり出すべきなのかどうか、とか。

清水 あんまり説明口調になるのもなんだし。話し手のほうは、そこまで考えているわけですね。

塙 結局、賭け麻雀の話がバカ受けしたのは、1月の1週間ぐらいだったなあ。短い。

土屋 まあ時事ネタは、いろいろ言わずにわかってもらえる旬の時期がやりやすいし、お客さんも理屈抜きで楽しめますよね。

二人でないとできないこと

清水 二人は、大学の落語研究会の先輩後輩なんですよね。

土屋 塙さんが部長で。

清水 ということは、学生のときは落語をやってたの？

塙 いや、落語をやらない落研。

土屋 お笑いサークルみたいなものですね。僕らの頃は、落研といってもそんなのが多かったんですよ。今はちょっとした落語ブームなので状況が違いますけど。芸人の中でも、

清水 「落語家さんのほうが早く稼げるから」って転向する人がけっこういるくらい。

土屋 落語は、本当にメンタル強くないとできないような気がするんだけど。

清水 確かに一人でやるか、二人でやるかの違いって大きい。清水さんもそうですけど、一人だとお客さんの視線が全部自分に集中するでしょう。

塙 私の場合、基本的に会場が暗いから、視線はあんまり気にならないよ。でもお客さんと目が合ったら、けっこう萎縮するかも。

土屋 僕、ライブの企画で一度落語をやったことがあるんですけど、客席からの威圧感みたいなものがすごかった。頭が真っ白になった経験があります。

塙 普段二人でステージに立っていても、お客さんはだいたい塙さんを見てるんですけどね。(笑)

清水 それはわかってるんだけど、やっぱり視線は分散されるわけ。一人だけとはぜんぜん違う。

土屋 ちょっとした、心の休憩時間があるんだ。

清水 僕は、気を抜ける時間が長い。(笑)

塙 でもコンビを結成して15年も経つじゃない。気持ちがすれ違ったり、やめようと思ったりしたことはないの?

土屋 一度もないです。

それはないですね。

塙　ネタのことでやり合っても、それは仕方ないじゃないですか。ステージに立つのは仕事だから。それ以外のところでギクシャクすることは僕たちの場合、ぜんぜんないです。逆に、めちゃくちゃ仲がいいというときもなかったし。

清水　賢明だね。そういうコンビが長続きするんだろうなあ。

塙　正直、一人でやれるんだったらそうしたいですよ。おっしゃるようにコンビって気を使うし。だけど結局「二人で一つ」というか、二人じゃないとできないことをやってるのがナイツなんですね。それが一番楽しいし、見ている側も面白いだろうと思ってるので。

土屋　そうですね。だからどこかで折れるんですよ、お互い。

清水　土屋くんは、後輩だから余計気を使ったりするのかな。

土屋　塙さんが漫談をやって、それに僕がツッコむというか、「訂正」を加えていくのが、ナイツの漫才の基本形ですよね。だから、塙さんの漫談がないと僕は練習のしようがないわけです。

清水　確かに。

土屋　でも、相方がイマイチ乗ってないときとか、疲れて見えるときなんかに練習につき合わせるのは申し訳ないなと。

清水　なるほど。ツッコミにはツッコミならではの気遣いがある。

塙　これ、職業病みたいなものだと思うんだけど、普段漫才やっていると、僕がツッコむことってないじゃないですか。ところが、たまにバラエティ番組に出たりすると、イジってくる人が必ずいるわけですよ。そのときに何か面白いことを言ってやろうと意気込むと、止まっちゃうことがあるんです。「本当に補助金を騙し取ったんですか？」「籠池じゃねえよ！」みたいに瞬時に返せたらいいんだけど。

清水　一瞬、考えちゃうんだ。

塙　そう、頭の中で言葉を変換しようとして、結局ぐしゃぐしゃになったり。自分にはツッコミの反射神経みたいなものはないんだなと、つくづく思い知らされるわけ。

土屋　とか言いながら、塙さんは返しのうまくない後輩芸人がいると、ずっとイジってます。

清水　あははは。自分の鏡を見ているような気分なのかな。

塙　そう、腹が立って腹が立って。でも今のテレビ、返しが上手じゃないとまずいですよね。

清水　だから練習するの？　ナイツで、二人じゃなきゃできないことをやるんじゃなかったの？（笑）

塙　あ、そうでした。（笑）

母と祖母のガチバトルがトラウマに

清水　二人とも結婚して子どももいて、私生活がしっかりしてるよね。

土屋　しっかりというか、普通なだけだと思います。

塙　独身の頃は、なぜか「寝たら売れなくなる」って思って、毎日朝の3時、4時まで起きていたんだけど、今はもう家に帰ったらバタン。清水さんは、けっこう夜更かししてそうな感じがしますね。

清水　それがねえ、夜2時に寝て朝10時に起きる、みたいな生活なの。

塙　子どものように寝てるじゃないですか。（笑）

清水　そう。生まれてから一回も徹夜したことがないの、私。

塙・土屋　えーっ！

清水　24時間続けて目を開いてたことがない人間なの。（笑）

土屋　そういう人に初めて会った。

清水　さっき、仕事以外のことはお互い気にならないって言ってたけど、たまには家族ぐるみで会ったりするんでしょ？

塙　だめ。俺が土屋の嫁さん、NGだから。

土屋　なんでだよ（笑）。会うとメッチャ仲良くしゃべってるじゃない。うちのカミさん、塙さんのボケがすごい好きで。

塙　僕はせっかちなほうなんですよ。たぶん土屋の嫁さんも、ものごとをパッパと決められるタイプだから、その場では意外と気が合うわけです。でも、プラスとプラスは、長い時間一緒にいると大喧嘩を始めるかもしれない。だから避けないと。（笑）

清水 塙くんの奥さんは、どんなタイプなの？

塙 どちらかというと、のんびりしてますね。

土屋 僕はやっぱり、パッと決めてくれるタイプが楽なんで。

清水 自然とそういう組み合わせになるんだね。でも、土屋くんの家族は、確かお母さんと誰かが取っ組み合いをして……。

土屋 あ、それはカミさんとは関係ない話です。土屋家の、僕の母とおばあちゃんの話です。僕が小学生の頃、中学受験を控えてるのに、勉強もせず部屋で漫画を読んでいたんですね。そしたらいきなりバーンって母親が部屋に入ってきて、烈火のごとく怒って。マジでお尻ペンペンするわけです。そうしたら、そこにおばあちゃんが登場して、「うちの大事な孫に何をするんだ」って、パッチーンて母親の顔を平手打ちして。

清水 漫画のせいで、嫁姑のバトルになっちゃったんだ。（笑）

土屋 それに母がブチ切れて、おばあちゃんに、こうマウントポジションになって……。

塙 嫌だなあ、それ。

清水 土屋家は、女が強い家系なんだね。

土屋 そうなんです。マジで喧嘩している二人を見て、完全にトラウマになって。今でも女性が怖くて仕方ないわけです。

塙 そう言いながら、「怖い」奥さんと結婚してるんだから、矛盾してるよね。

清水 落ち着くんだよ、きっと。激しいほうが。

土屋 そうかもしれません……って、これ活字になるんですか⁉

塙 ははは。嫁さんにも、いつの日か自分の母親と一戦交えてほしいと思ってるんじゃないの？

土屋 そんなわけないでしょ！

腹を抱えて笑ってくれる人がいる限り

清水 ところで、またコント番組が終了になるっていうニュースがあったけど。

塙 『めちゃ×2イケてるっ！』と『とんねるずのみなさんのおかげでした』ですよね。

清水 ついにこの2本も終わりか、って、けっこうショックだった。

塙 やっぱり『笑っていいとも！』が終わったあたりから、そういう傾向なんですかね。

清水 そう。ああ、時代が変わるんだっていう感じがしたもの。なんだろう、世の中「ふざけちゃいけないモード」になっているのかなあ。

土屋 ちょっと怖い感じもします。言葉に気をつけないと怒られそうな風潮もあるし。

塙 うちの兄貴（芸人のはなわさん）なんかも、歌が売れてニュースになるのはいいんだけど、ネットのコメント欄見ると「また家族を金儲けに使ってる」とか書かれてて。まあ半分俺もそう思ってるんだけど。（笑）

土屋 いやいや。（笑）

清水 お兄さんは、そういうの気にするほうなの？
塙 意外に繊細なんですよ。前に十円禿げができちゃって。
土屋 だから、言うなよ。（笑）
清水 笑えなくなるじゃない（笑）。まあ、ナイツは辛辣そうなことを言っても嫌われないから。
塙 そうですね。
土屋 いや、そこは「そんなことないですよ」でしょう。
清水 あははは。内海桂子師匠とは、時々会ってるの？
土屋 月に1、2回、東洋館の舞台でご一緒するくらいです。
清水 去年、『婦人公論』で対談させていただいたんですよ、私。ナイツには「目でものを言え、体で絵を描け」って言ってるんだって、おっしゃってたっけ。
塙 ああ、それは本当に言われます。なかなかその境地には、という感じですけれど。
清水 90歳を優に超えてるとは思えないほど元気で、明るくて。私が「デビュー30周年です」って言ったら、「あたしは80周年だよ」って。（笑）
土屋 この世の人とは思えないでしょう。（笑）
清水 でね、「いくつになっても、芸でウケる快感は忘れられない。倒れて目をつぶるまで舞台の上だ」っておっしゃってました。
土屋 やっぱり僕ら芸人の喜びは、目の前のお客さんを笑わせることですから。たまに客席にいるんですよ。塙さんの漫談で、この人死んじゃうんじゃないかって思うほど腹を抱えて笑ってる人が（笑）。そういうのを見ると、この仕事、やめられなくなります。

清水　そうかあ。お客さんの顔が見えるっていうことは、プレッシャーだけじゃなくて、エネルギーをもらうことにもなるんだね。

塙　それは絶対あります。だから、これからも「二人で一つ」のナイツの世界を磨いて、ステージに立ち続けたいですね。舞台の上で目をつぶるのは勘弁だけど。（笑）

土屋　そういえば、『ビバリー昼ズ』の30周年がもうすぐです。

清水　また〝ナイミツ〟でやるのかなあ。内密にしてほしいな。

塙　そんなこと言わずに、ばっちりネタ合わせして、連覇といきましょうよ！

結婚のフシギ

矢作 兼

森山良子

もりやま　りょうこ

シンガーソングライター。１９４８年生まれ。67年「この広い野原いっぱい」でデビュー。その後、ミリオンセラー「禁じられた恋」をはじめ「さとうきび畑」「あなたが好きで」「涙そうそう」など、数々のヒット曲を生み出す。透明感のある歌声と歌唱力で、名実ともに日本のトップシンガーに。年間80本以上のコンサートを行い、テレビ・ラジオなどでも幅広く活躍している。

やはぎ　けん

お笑い芸人。１９７１年生まれ。サラリーマンを経て、95年に高校時代の同級生である小木博明とお笑いコンビ・おぎやはぎを結成。お互いを褒め合う独特の芸風で人気を博す。２００２年、ＮＨＫ新人演芸大賞審査員特別賞受賞。

（『婦人公論』２０１８年1月23日号掲載）

清水さんのモノマネ被害者の筆頭格、森山良子さん。森山さんの家に、おぎやはぎの小木博明さんが娘婿としてやってきて、かれこれ10年以上経ちましたが——

森山家に住む泰然自若な人々

森山 矢作さんにお目にかかるのは久しぶりよね。この企画の話をいただいたとき、「会えるんだ」と思って、すっごく楽しみだったの！

矢作 僕も楽しみだったので、さっき車でご自宅の前を通ってきました。小木はこんな豪邸に住んでるのか、と思って。（笑）

清水 「娘婿の相方」って、どういう感じなんだろう。

森山 小木があんなですので、矢作さんの長年の苦労が身に染みてわかります。感謝の気持ちでいっぱい。（笑）

矢作 僕に言わせれば、あの小木を受け入れたんだから、森山家っていうのもなかなかのものですけどね。

清水 あの小木、でわかりあえる（笑）。前に（森山）直太朗さんから、朝、リビングに行くと、小木さんが「おお、おはよう」なんて言いながら、平然と新聞読んでたって聞きました。

森山 わが物顔の王様なのよ。でも、ぜんぜん嫌な感じがしないの。そこがずるい。

矢作 小木って、最初は嫌な感じがするんですよ。僕も「なんだ、こいつ」と思いましたもん。でも、そのうち悪気はないんだとわかってくる。そうすると今度は逆に、ちょっと中毒性を帯びてくるというか。（笑）

清水 おぎやはぎは20代の頃から知っているけど、二人とも正直だものね。小木さんの泰然自若な感じも。自然体だから、周りは案外ラクなのかも。

森山 娘（奈歩さん）と小木はうちの敷地に一緒に二世帯住宅で住んでるから、私の友人が遊びに来たときに、「夕食あるわよ」って呼んだりするんです。そうすると小木は、おじいちゃんおばあちゃんたちに交じって普通に食べて、「ごちそうさま」って去っていく。

清水 別段、座を盛り上げるでもなく。（笑）

森山 でも、去った後にみんなが「いい人じゃない」って言うわけ。ちなみにうちの娘は、彼のことを「私の騎士《ナイト》」って呼んでる。

清水 ええ、そうなの？ ナイトには見えないけど。

矢作 変でしょう？ さっきから「小木は変わってる」って言うけど、思うに森山家とは

〝どっちもどっち〟なんですよ。奈歩さんも相当なつわものですからね。僕、新築祝いに椅子を贈ろうと思ったんですよ。けっこう値の張る、「ミッドセンチュリーな家にはこれが定番」って言えるようなやつ。それを話したら小木は喜んで、その場で奈歩さんに電話したんだけど、電話も切らないうちに、「奈歩が、それいらないって」って。

森山 す、すみません。お気遣いいただいたのに。（と立ち上がり、矢作さんに一礼）

清水 あははは。普通は「ありがとう。いいんですか?」とか言うよね。

矢作 忖度、一切なし。「うちに合わないから、いらない」だって。すごいでしょ（笑）。でも小木とおんなじで、ぜんぜん嫌みじゃないんです。「わかった。じゃあ別のを考えるよ」と、こちらも素直に返せる気持ちよさがあって。

森山 娘はこだわりの強い子で、もう1ミリも譲らないんですよ。子どもの頃、かわいい服を見つけて買ってきても、「こんなの嫌」って言って、頑として着ようとしなかったわ。

清水 奈歩さん、たしか妖精の学校に入ったという話を聞きましたけど。

矢作 違う違う。魔女になりたいの（笑）。ね、すごいでしょ。

森山 娘がそういう話してても、小木は「ふーん」って。

清水 男性は、そういうスピリチュアルな世界ってあんまり受けつけないでしょう?

矢作 それが、最近テレビの収録で神社とかに行くと、「お、感じるぞ」なんて言うんです

よ。おいおい、ついにこいつも染められたか、と思ってます。(笑)

女性に期待しない、幻滅もしない

森山 矢作さんは、新婚ホヤホヤよね。

矢作 ちょうど1年くらい経ちました。

森山 あなたが結婚するのをずっと待ってたのよ、私。

清水 46までしないんだから、矢作さんは永遠にしないのかと思ってた。同い年の私の弟もまだ独身なんだけど、「僕はたぶん結婚しない」って言ってる。

森山 うちの直太朗も、今はしないって。

矢作 そういうふうに、きっぱり言える人って偉いと思うんですよ。僕はまあ、どっちでもよかった。

清水 それ、相手の女性からしたら嫌な言い方だなあ。(笑)

矢作 世の中には、結婚したくてしょうがない人と、絶対したくない人がいるじゃないですか。僕はほんとにどちらでもなくて。

森山 ご縁があれば。

矢作 そうそう。きっと何かあったんでしょうね。

森山 してみてどうだった？

矢作 これも嫌な言い方に聞こえると思いますけど、なんにも変わらないですね。

清水 変われよー。(笑)

森山 なるがままっていう感じね。

清水 相手も、束縛したりしない。

矢作 しないです。

清水 でも、相手に浮気されたら嫌でしょう?

矢作 ああ、それは嫌だなあ。しないでほしいなあ。

清水 ちょっとー。もっと感情込めなさいよ。(笑)

森山 そういうゆったりしてるところ、小木に似てるわ。

矢作 僕は母子家庭で、なおかつきょうだいは姉一人っていう環境で育ってますからね。姉の外面のいいところ、さんざん見てるし。もともと、女性に多くのことは期待してません。

清水 ああ、姉を持つ男の人と結婚するとラクだってよくいいますよね。女性に対する免疫ができてるから。

矢作 そう。幻滅しないの、女性に。だから自分もラクだし。

清水 結局、そういう関係のほうが長続きするのかな。

森山 ミッちゃんのところも、もう長いでしょう?

清水 そうですね、うちは同棲から始まってるので。

矢作　へえ、そうなんですか。

清水　お互いの親のところに、「少し先になりますが、結婚しますので一緒に住まわせてください」と話しに行って。でもそのときの部屋がとにかく狭かったので、私たちの将来の夢は、結婚したら別々の部屋で寝ることだったんですよ。望みが叶った今は、それぞれの部屋で寝て何十年も経って、時々一緒に旅行に行くでしょう。そしたら同じ部屋だと緊張して眠れないの！（笑）

矢作　ははは。

森山　おかしいね、それ。（笑）

清水　そんなとき、私も結婚って何なんだろうって思うな。

人がたくさん集まる、楽しいわが家

矢作　森山さんと清水さんは、何かの番組でご一緒したのが最初ですか？

森山　そうじゃないの。実はミッちゃんのバイト仲間の人が、たまたま私のスタッフをしてて。

清水　その子の結婚式を、森山さんのお家でやることになって、そこに私が呼ばれたの。

矢作　え？　森山さんの自宅で結婚式を？

森山　とってもいい子でね。「結婚のお祝いは何がいい？」って聞いたら、「お金がないから、

清水　良子さんの家で式を挙げたい」と言うの。確かに、うちにはヘアメイクさんも衣装さんもいるし、いいじゃないって思って。

矢作　それを聞いたときは、私もびっくりした。だって普通、そんな面倒なことを引き受けないでしょ。でも、「森山さんはそういう人なのよ」って彼女も言うの。私は『笑っていいとも！』に出てた頃だから、20代でしたね。

清水　森山さんのモノマネは、まだやってなかった。

森山　そう。だから大手を振って門をくぐることができた。（笑）

清水　堂々とね。（笑）

お家に行ったら、またびっくり。すごく素敵なの。芸能人の豪奢な邸宅はいろいろ見てきたけど、森山家はとっても温かみがあって、緑もいっぱいで。今でも私の理想の家ナンバーワンなんです。

森山　えー、そうなの？　嬉しい。ありがとう。

清水　式もよかった。従兄の（ムッシュ）かまやつさんもいらっしゃって。

森山　みんなで歌って、踊ってね。

清水　しかも、帰るときにまたサプライズがあったの。玄関で靴を履こうとしたら、奈歩さんが「それ、いいですね」って私のヴィヴィアン・ウエストウッドの靴を褒めてくれたんですよ。

矢作　『いいとも』に出て、高い靴が買えるようになったのね。

清水　ははは、そうかも。で、私が「こっちのほうが素敵じゃないですか」と彼女の靴を指したら、「じゃあ交換しない?」と言われて、私、奈歩さんのグッチの靴を履いて帰りました。

矢作　えっ、靴をその場で取り換えたんですか。ほんと、変わってるなあ。

森山　まあ、お客さんの靴を取り上げるなんて……。

清水　いえ、でもグッチになりましたから。わらしべ長者です。

矢作　そうだよねえ。(笑)

清水　だからあの一日は、私にとってすごくいい思い出なんですよ。森山家には、きっといろんな楽しい人が集まってくると思う。

森山　私、みんなとワイワイ飲んだり歌ったりするのが大好きだから。隣の小木の家にもね、大勢集まってる気配があると、シャンパンのボトル片手に顔を出すの。「これみなさんでどうぞ」って言いながら、そのままなんとなく居座っちゃう。

清水　あははは。かわいい。

矢作　それで、誰よりも飲むんだよって小木が言ってました。(笑)

森山　でね、小木がまったく私に了解を求めることなく、「今度別荘に行こうよ」って友達を誘ってるの。あなたの別荘じゃないんだけどな、って思うんだけど。

清水　王様だ、やっぱり。

森山　でも結局一緒に出かけて、飲んで騒いじゃう。

矢作 聞けば聞くほど、小木の〝乗っ取り感〟がハンパじゃないですね。
清水 だって、土地はもう半分侵食されてるじゃない。
森山 ほんと、気をつけないとねえ。(笑)

ドラマチックなあの体験

清水 森山さんは、ご両親ともジャズミュージシャン。子どもの頃から「うちはちょっと違うな」っていう感覚はあったんですか?
森山 ぜんぜん。確かに音楽まみれではあったけど、それ以外は普通の家庭でしたから。
矢作 「音楽まみれ」の時点で、もう普通ではないですよ。
清水 いいとこのお嬢さんって、たいてい「自分は普通」って思ってる。
森山 確かに私、お嬢さんに見られがちなの。どうしてかな。容姿のせいかしら。(笑)
矢作 あははは。
清水 こんなに厚かましい人間だったとは。(笑)
森山 うふふふ。そういえば矢作さんって、小さい頃、面白い体験をなさってるんですよね。
矢作 別に面白くないですけど、うちは両親が離婚してるんです。
森山 うちの子どもたちも同じだ。
矢作 最初、父親の家に引き取られて山梨に行ったんです。ところがこの父親というのが、

清水　典型的な〝飲む・打つ・買う〟の人間で。あんな人に育てられたら大変だって、母親と伯母が「救出」に来た。ある日、姉と庭で遊んでいると、車がすっと止まって母が「おいでおいで」をしてる。気づいたら、そのまま東京の母の実家で育てられてたわけ。

矢作　知らなかった。そんなドラマがあったとは。

清水　3歳くらいだったんだけど、あの「おいでおいで」のシーンだけは、今も鮮明に覚えてますね。

森山　お母さんが来てくれて、嬉しかった？

矢作　「やったー」という感じ。なんだかんだ言って、子どもは母親が好きですから。

森山　強い女性たちが、矢作さんを守ってくれたのね。

清水　だから今でも、先輩女性からかわいがられてるのかな。

矢作　まあ、そういうことになります。

清水　でも、そもそもお母さんはどうしてそんな人と一緒になったのかしら。

矢作　確かに、母はすっごい真面目な人なんですよ。話に聞くようなメチャクチャな父となぜ結婚したのか、言われてみれば謎。

森山　若い時ってわかんないの。自分にないものを相手が持っていると、「わあ素敵」って、スッと入っていけちゃうものなのよ。

清水　それ、ご自身の話ですか？

森山　そう。私は好きになった相手に、１００％突っ走るタイプ。何も見えなくなって、誰が何を言おうとかまうもんか、全部捨ててやるって。

矢作　わー、やばすぎるパターンですねえ。周りが「あの男だけはやめておけ」と言っても、耳を貸さないんだ。

清水　「禁じられた恋」を地でいくような。

森山　だから矢作さんと正反対なの。前後の見境なくバッと燃え上がっちゃう。

矢作　すごいなあ。そういうエネルギー、僕にはないと思う。

今年のキーワードは「元気」と「基礎体温」

清水　森山良子さんが、そこまで情熱的な乙女だったとは知りませんでした。

森山　結局、脳天気なのね。高校時代、黒澤明監督の家に毎日入り浸ってたのに、卒業するまで、目の前の人が「世界のクロサワ」だって知らなかったの、私。

矢作　え？　何それ？

森山　先輩のクロパン（黒澤久雄さん）のバンドと練習してたから、毎日彼の家で演奏して、ごはんもご馳走になって。時々演奏を見ているお父さんが、「もっと楽しそうに歌えよ」ってアドバイスくれるの。

矢作　ついさっきテレビの収録で、宝田明さんから、黒澤監督のすげえ怖い話をいっぱい聞いたばかりなんですけど。

森山　ううん。それがすごく優しいパパなの。

清水　黒澤監督の前で、天真爛漫に歌ってたんですね。

森山　私、見えてるのは自分の周りのことだけ。だから今も子どもたちに「見境がなさすぎる」って叱られたりするの。謝ってばっかりよ。特に娘はなかなかキツい。

矢作　身内にも厳しいのか。（笑）

清水　その調子で小木と喧嘩したら、どんな感じになるの？

森山・矢作　しない。

清水　わ、ハモった（笑）。喧嘩しないんですか、娘さん夫婦は？

森山　見たことない。

矢作　絶対しないと思う。

清水　どうして？

矢作　相手が小木だから。あいつとは高校からのつきあいだけど、一度も喧嘩したことがない。そもそも、小木が人と争うシーンを想像できないです。あれ？　またいつの間にか、「小木はいいやつ」みたいな話になってません？

森山　話題変えましょうよ。（笑）

清水　おぎやはぎは二人とも穏やかだから、ラジオで好き放題言っても嫌われないんだね。

矢作　ラジオはねえ。時々そこにマイクがあるのを忘れてるから。

清水　わかる、その感覚。

矢作　ただ、今はネットがあるから、悪口の痕跡が残っちゃうんですよ。あれ、迷惑ですよね。(笑)

森山　文字になると、すごく辛辣な印象になるんだよね。

清水　「森山良子なんて大嫌い」と言われても、「そういう人がいて当然」と思って今日まできたんだけど、ネットの世界は別でしょ。いろいろな批評がどんどん積み重なっていくじゃない。この時代、表現をする人は大変だと思うわ。

清水　私もエゴサーチしたことあるけど、「二度と開けちゃいけないパンドラの箱」っていう感じだった。矢作さんはネットの書き込み、見たことある？

矢作　ありますよ。

森山　言いたいことが言えなくなったりは？

矢作　それはないです。いわれのないこと書き込む人間を、まず僕は軽蔑しますから。でもそのうちに「なぜこんなことを書かなければならなかったのか」「何があったんだろう」って、ちょっとかわいそうに思えてくる。そうすると、相手を嫌いじゃなくなるんですよ。

清水　そこまで悟ったら勝ちだね。

矢作　ともすれば僕は最低の人間でしょう。相手をメチャクチャ下に見てるわけだから。

森山　でも、いい着地のさせ方じゃない。

清水 森山さんは、今年はこれをやろうという目標はありますか？

森山 この歳になると、「元気でいること」しかない。こう見えて、寝る前と起きたときにけっこうストレッチしてるのよ。新幹線に乗るときも階段を使ってるし。

清水 私も週に1、2回はジムで筋トレしてます。

矢作 元気は大事ですよね。僕、ふだん体温が34℃しかないんですよ。

清水 ほんとに⁉ 死んじゃうよ。

矢作 そう。ものの本に34℃を切ったら死ぬって書いてあった（笑）。だから僕も運動して筋肉をつけて、基礎体温を上げたいです。あと、もう46歳なんで子どもも考えないとね。

清水 矢作家の18年は、夫婦そろって「基礎体温」に決まり。（笑）

森山 ミッちゃんには、今年もちょっと毒のあるモノマネをお願いします。

清水 ありがたきお言葉！

ギャンブルでバランスを

六角精児

椿鬼奴

つばき　おにやっこ

お笑い芸人。1972年東京都生まれ。会社員生活を経て、26歳で芸人デビュー。当初はコンビを組んでいたが、30歳からは単独で活動し、その独特のメイキャップとハスキーボイスで人気を博すように。女性芸人きっての洋楽通として知られ、自身が率いるロックバンド「金星ダイヤモンド」ではボーカルを務めている。

ろっかく　せいじ

俳優。1962年兵庫県生まれ。劇団「善人会議」(のちの「劇団扉座」)の旗揚げに参加。舞台、映画、ドラマと幅広く活躍する。鉄道ファン(乗り鉄)として知られるほか、音楽にも造詣が深く、自身が率いるアコースティックバンド「六角精児バンド」では、アルバム『石ころ人生』を発表。2019年11月にも新譜をリリース。

(『婦人公論』2018年2月27日号掲載)

音楽番組のナビゲーターをともに務めた、六角さんと清水さん。同じく音楽をこよなく愛する椿さんですが、話はすぐに、ギャンブルのほうへ――

男の魅力はガワじゃない

椿　六角さん、お久しぶりです。

六角　どうもどうも。

清水　二人には、いろいろな共通点がありそうよね。といっても、ギャンブルのにおいだけど……。

六角　確かに僕、鬼奴さんのダンナさん（ギャンブル好きで知られる、お笑いトリオ・グランジの大《だい》さん）が大好きなんです。

椿　ありがとうございます！

六角　とにかく競艇をよくご存じなんですよ。毎回買う前に助言をいただきたいくらい。

清水　『婦人公論』で、いきなり競艇の話が始まった。（笑）

椿　六角さんにお目にかかったのは、光浦（靖子）さん、黒沢（かずこ）さんとやっているトークライブのゲストに来ていただいたのが最初です。私たちが一方的に話す愚痴を、全部肯定してくれた。悪くないよ、それでいいんだよ、って。

清水　そこが六角さんのモテるゆえんなんだろうね。

椿　全面的に「君たちの味方だよ」という感じがして、とにかく優しかった。ガワ（外見の意）が違ったらどんなにいい男だろうね、って三人で話したんです。

清水　私の友達にも六角さんの大ファンがいるんだけど、確かに「生まれてはじめてイケメンじゃない人を好きになった」って言ってたなあ。

椿　ガワがねえ。（笑）

六角　さっきからなんなんだよ、ガワガワって（笑）。ガワなんて歳とったら、みんな大差なくなるじゃないかよ。ところで二人のおつきあいは長いの？

清水　確か、光浦さんが紹介してくれたんだよね。

椿　ミチコさんは大先輩なんですけど、光浦さんが「あの人なら大丈夫だよ」って。おうちにも何度も呼んでいただきました。忘れられないのは、最初の時の鯛飯。

清水　話に夢中になってて、めちゃくちゃ焦がしたの。

椿　もう、火事の味しかしない。（笑）

六角　炭の味か。（笑）

椿　みんなが先輩の失敗料理を「火事メシ」呼ばわりしてるのに、ミチコさん、全然怒ら

清水　ないんですよ。それで居心地がよくて、なついちゃった。

六角　煙の話で思い出したけど、昔六角さんって、笹塚の焼き鳥屋さんの2階に住んでましたよね。

椿　あれは煙いのが問題なんじゃなくて、厨房の真上だったから、上がってくる熱気がすごかったの。ぶううって音がすると、瞬く間に部屋が熱気に包まれて、釜ゆで状態になる。(笑)

六角　夏はつらそうですね。そこにどのくらい住んでいたんですか?

清水　6年。

六角　ってことは、けっこう気に入ってたんじゃない。

いやあ、そこにしか住めなかったんですよ。家賃がすごく安かったし、そのすごく安い家賃を滞納してたから。厨房の脇の階段から部屋に上がるんですけど、厨房っていつも人がいるじゃないですか。顔を合わせたら家賃のことを言われるので、毎日部屋に帰るのに苦労してました。匍匐《ほふく》前進したりして。(笑)

動く人形、銃口を向ける兵士、ついてくる影

清水　鬼奴さんは、お化けの出る家に住んでたよね。

椿　お化けというか、人形がちょっとカタカタ動くっていうか。

六角　えー。それ、ポルターガイスト現象ってやつですか？

椿　一時期、神社の裏の古い木造アパートに母と住んでいたことがありまして。母の部屋は神社側で、タンスの上に置かれた人形が始終カタカタいってた。不思議なのは、いくつも人形を並べてるのに、ベトナム土産の木彫りの人形だけが、気がつくと神社のほうを向いていること。毎回正面を向くように直してるのに。

清水　それって、めっちゃ怖くないですか？

椿　「ただいま」って玄関開けるでしょ。そうすると、母が口を開けたまま、そのカタカタ動く人形を呆然と見ている光景が目に飛び込んでくる。私には霊感がないから、人形のカタカタより、その母の姿のほうがずっと怖かった。

六角　清水さんは、霊感ありそうですよね。

清水　それが全然ないの！　そのスジの人に言わせると、もし霊を見たとしても、それを排除するくらいの力が私にあるんだって。

六角　排除って……。じゃあ、自覚がないだけで、霊を見てるのかもしれないね。

清水　ああ。言われてみたら、30年くらい前だったかな。ドラマの撮影で中国の奥地に行った時、旧日本軍がつくったという古いホテルに泊まったんですよ。そしたら夜中の2時頃に、同じ部屋で寝てたマネージャーがぎゃあって泣き出す声で目が覚めて……。

六角　出たんだ！

椿　やだあ！

清水 彼女が「部屋の四隅に、緑色の服を着た人たちがこっちに銃口を向けて立ってる」って言うの。

六角 日本軍の兵士かな。

清水 でも、日本軍なら日本人に銃口向けないでしょう。

椿 じゃあ中国軍ですか？

清水 とにかく私には見えないのよ。思わず「出ないでください！」って大声で叱りつけちゃったんだけど、そしたら消えたって。

六角 言葉はわからなくても、このおばちゃん、すげぇ怒ってるからやめておこう、って思ったんだろうね。（笑）

清水 翌朝、一緒に出演してた秋本奈緒美さんから「夕べ2時頃、なにか怖いことなかった？」と聞かれた時、私もマネージャーも飛び上がるほどびっくりしちゃって。どうもその頃、秋本さんの部屋に霊が出て、「私には何もできないからあっちへ行ってください」って指差したのが私たちの部屋だったんだって。彼女には霊感があるそうなの。

椿 きゃー。（笑）

六角 言われるままにそっちへ行ったら、今度は「出ないでください！」って叱られて。オレたちどうすりゃいいんだ、せっかくこんなにいっぱい集まったのに……って部屋の四隅で相談したんだろうね。（笑）

清水　笑いごとじゃないですよ。マジで怖かったんだから。（笑）

六角　僕も霊感ないですけど、一度、自分とまったく同じ人影がひたひたと後ろをついてきたことがあって。こえぇー、と思って振り返ったら親父だった。

椿　そのシルエット、一緒なんですね。

清水　六角さんのお父さんは、サラリーマンだったの？

六角　そうです。今年90になるのですが、趣味で日本の南朝史の研究をずっと続けていて、原稿を同人誌に発表したりしてます。

清水　わー、すごい。学者肌なんだ。そういう人って充実感あって幸せだろうなあ。

六角　ツイッターもやってます。「やまじゆういちろうの遺言」っていうアカウントで。

椿　六角さんはツイッターやってないのに。お父さん、お若い。（笑）

六角　僕の友達がみんなフォローしてるらしいです。「コスプレって何ですか？　こするプレイですか？」とかツイートして、誰かに正解を教えてもらってるんだって。

椿　うちの母も70くらいまで働いてましたが、最近、趣味で木彫りの人形作りを始めようとしてます。

六角　また人形かよ。やめてくれ。（笑）

清水　親の趣味って、子どもにはつくづくわからないものだよね。

椿　なんでそっちにいくんだって思います。

鬼にするか、泥にするか

清水 昔、知人から六角さんを紹介された時、なんて素敵な名前の人がいるんだろうって思ったの。あとで芸名だと知ってがっかりしたけど（笑）。三角でも八角でもない、「六角」がやっぱりかっこいいよね。

六角 特に理由もなくて、ただインパクトだけで決めたんですよ。下の名前も当初は「精子」だったんですが、今となっては変えておいてよかった。

清水 「椿鬼奴」という芸名も、相当すごいけどね。

椿 今も続いている「キュートン」というお笑いユニットでは、もともと本名で活動していました。でもライブの時にピンでネタをやらせてもらえることになって、芸名があったほうがいいだろう、と。それで先輩たちが、会議を開いたんです。

六角 先輩がつけたのか。

椿 私抜きの会議で。

清水 本人の意思は聞かないの?

椿 いえ、ちゃんと選ばせてもらいました。最終的に残ったのが「鬼」と「泥」だから、このどちらかを選べ、と言われて。

六角 その二択かい。（笑）

清水　どっちかといったら、「泥」を選ぶな。

六角　オレも「泥」だな。

椿　私、名前の頭に濁点がつくのがいやで、「鬼」にしました。

清水　あははは。「どうも、鬼です」って言ってたの？　ダサい！（笑）

椿　言ってましたよー。いやだったけど先輩が決めたことですからね。そしたらある時、ライブの構成作家さんが「鬼はダメだろう」と言ってくれて。その作家さんは、先輩方よりさらに先輩だったので、これ幸いと名前を変えることにしました。

六角　それでも、「鬼」はちゃんと使い続けたのね。

椿　使わないと悪いな、と思って。姓名判断の本を買ってきて、「鬼」に合う画数の字を探しました。女性とわかってもらえるように、お花の「椿」や「奴」を選んだので、「椿鬼奴」は一応いい画数の名前なんですよ。

清水　女性芸人のなかでも一番変わっている名前だし、印象に残るもんね。

椿　はい、そう思います。今まで一度も、同姓同名の人に会ったことありません。

清水・六角　当たり前だよ！

家族を置いて旅には出たが

六角　お二人は、年末年始はどこかに行かれたんですか？

椿 私は、黒沢さんと韓国へ行ってきました。韓国は漢方薬が安く手に入るので、漢方専門の病院を訪ねたところ、院長先生が私の脈をさっととっただけで、「循環器系がひどく悪い」って言うんですよ。気が下がっているから、お腹に注射を打つって。

六角 お腹に注射？　ずいぶんいきなりですね。

清水 あまり打たない場所だよね。

椿 私もそう思ったけど、黒沢さんがなぜか先生をアシストするから、しぶしぶ打ちましたよ。そしたらこれが痛い痛い痛い。

清水 聞いてるだけで痛いよ。

椿 お昼ごはんを食べる頃にはどんどん調子が悪くなってきちゃって、午後の予定が台無しになりました。

六角 謎のモノを打たれて、調子悪くなっただけなの？　循環器の状態がよくなったんじゃないの？

椿 それが、効果がまったくわからない。でも翌日、次長課長の河本（準一）さんに会った時、その病院を紹介しておきました。

六角 まさか行ってないよね？

椿 河本さんも注射打たれたらしいですよ。すごく痛かったたって。

清水 バカの連鎖……。でも私も人のこと言えないなあ。お正月に、光浦さんを含む女子四人で台湾に行って、古民家をリノベーションした家を借りたんですけど、トランプ大会で夢中になりすぎて、お風呂のお湯が溢れちゃって。

清水 よくないなあ、お湯を出しながらのトランプ大会は。

六角 ああいう時、人柄でるよね。光浦さんの仕切りに従って、全員で床掃除。管理人さんに笑われました。

椿 僕もバンド仲間と、沖縄の山の中の一軒家を借りて、泡盛を飲みながらボーッと過ごしました。

六角 沖縄なのに、海に行かなかったの？

椿 僕の想像では、山の上からぱっと海が見えるようなイメージだったんだけど、窓を開けたら一面、太陽光発電の装置なんですよ。それと畑とヤギ1匹。観賞に堪えられるのはヤギだけでしたね。あとは那覇市の栄町に、昔の下北沢のマーケットみたいな一画があるので、そこで安くておいしい酒を毎日飲んでました。楽しかったな。

清水 たぶん、肝臓が弱ってますね。

六角 じゃあ、お腹に注射だ。

椿 いやー、それだけは勘弁。（笑）

清水 三人とも似たような過ごし方をしてますね。家族を置いて旅には出たが、観光らしい観光はしていない。

六角 六角さんは、てっきり奥さんと一緒かと思いました。

確かに、以前は一緒に鉄道に乗って旅をしたこともありましたが、犬や猫を飼うようになってからは夫婦で行かなくなりました。もしかすると、彼女は今までの旅があんまり好きじゃなかったのかもしれないなあ。

清水 夫婦って、自然にそうなっていくよね。私が家を空けて戻ると、部屋がすごくきれいに掃除されてるの。ああ、この人はいつもこういうところに住みたいんだろうな、と知ることになる。(笑)

六角 うちも、僕が家を空けているほうが機嫌がいいですよ。

パチスロデートはやめ時が難しい

椿 私は結婚して数年だから、まだそういうことはよくわかりません。うちのダンナさんは若手芸人なので、そもそも年末年始は休めなかったし。

清水 8歳年下だっけ。

六角 鬼奴さんのダンナさんは、競艇の選手一人ひとりに対する知識がすごいんですよ。

清水 蛭子能収さんって、競艇がお好きでしょ。いつだったか「競艇が好きってことは、競馬もお好きなんですか?」と聞いたら、鼻で笑われました。競艇は特別にすばらしいものなんだって?

六角 そのとおり。ギャンブル好きが最後に行き着くところが競艇なんですよ。何しろ6艇ですからね。

清水　どういう意味？

六角　いいですか。競馬のフルゲート（出走上限数）が16頭か18頭なのに対して、競艇は6艇なんです。16頭のうち3頭を当てるのと、6艇のうち3艇を当てるのでは、後者のほうが当たる確率がずっと高い。しかも競艇はインコース、つまり1コースが断然有利。そこまでわかっているレースはほかにないんですよ。にもかかわらずなぜ当てられないのだろう、と不思議でしょうがない。深いんですよ、競艇は。

清水　じゃあ初心者は1コースをとりあえず買えばいいんだね。鬼奴さんも、やっぱり競艇が一番いいの？

椿　私は独身時代からパチンコ派だから競艇はあまりやらないけど、ダンナさんとはよく、ボートピア（全国にある場外発売場）とか平和島（競艇場）とかでデートしました。

六角　デートでボートレース、いいねえ（笑）。絶対してみたい。オレ、パチスロデート以外したことないもんなあ。

椿　パチスロデートはいいと思うけど、やめ時が難しい。特に自分が勝っていると。

六角　さすが博打打ちの嫁さんだね。「やめ時が難しい」なんて言葉は、なかなか出てきませんよ。

椿　私はパチンコ、夫はボート、二人で二つの業界を盛り上げていきたいって思ってるんです。

六角　すごいなあ。楽しそうな人生だなあ。楽しそうな夫婦だなあ。

清水　あのう、そろそろやめてもらっていいですか。（笑）

六角　最近はパチンコで調子がいいと、待てよ、こんなに調子がいいってことは、仕事とかでなにか悪いことが起きるんじゃないかと思ってしまうんですよ。それで明日はひとつ負けにいかないとな、って。もう、なんのためにやっているのか、全然わからなくなってきた。鬼奴さんはそういうことありませんか？

椿　うちの場合、夫の収支がマイナスだから。ああ、これでバランスをとっているんだなと思うようにしてます。

清水　それは、かっこいい考え方だね。

六角　清いよ。

椿　ギャンブルの勝ち負けってなんだかんだ言って、運とバランスがとれているものじゃないかな。ギャンブルで負けてお金を失うことで、身に降りかかる病気やケガなどの悪いことを避けられていると思えば、ギャンブルはいいですよ。読者の皆さんに伝えたいです。「お金で済むんですよ」って。

六角　すげえ。僕は養育費を支払う身ですが、これでバランスをとっているのだと思いながらギャンブルに取り組みますよ。

清水　二人ともいい加減にしろ！（笑）

プレイバック・昭和

辛酸なめ子

泉 麻人

いずみ　あさと

作家・コラムニスト。１９５６年東京都生まれ。東京ニュース通信社に入社し、編集者を経てフリーに。若者文化やレトロカルチャー、東京の風俗などを題材にコラムを発表するほか、テレビでコメンテーター、司会として活躍。バスをはじめとする交通機関を扱った作品も多い。気象予報士の資格も持つ。

しんさん　なめこ

漫画家・コラムニスト。１９７４年東京都生まれ。学生時代よりパソコンを用いた作品を制作し、95年には当時まだ珍しかったブログを開設。芸能界や皇室、スピリチュアルな世界といったさまざまなテーマを独特の感性で描き、人気を博す。本名の池松江美名義で、小説なども執筆。著書に『《あの世》を味方につける超最強の生き方』『魂活道場』などがある。

（『婦人公論』２０１８年3月27日号掲載）

泉麻人さんは80年代後半、まだテレビに出る前の、清水さんのステージを観たことがあるそうです。辛酸なめ子さんには、気になるモノマネがあるそうで――

私たちが憧れたあのスター

清水 泉さんは私の４、５歳上になるのかな。幼少期の泉さんにとって最大のスターといえば誰でしたか？

泉 幼稚園か小学１年生の頃に好きだったのは、坂本九さんと舟木一夫さんです。デビュー当時の舟木さんの髪形をマネしてましたよ。

清水 舟木さんっていまだにカリスマ性があって、ライブも常に盛況だとドキュメンタリー番組で観ました。

泉 僕は高校でサッカー部だったのですが、合宿で宴会芸をやらされる時の持ちネタは、もっぱら郷ひろみさんでした。勤めだして、『週刊ＴＶガイド』の編集部にいた頃は田原俊彦さん。そうそう、会社の忘年会で「ハッとして！Ｇｏｏｄ」を歌っていたら、ワンコーラス終わったところで、田原さん本人が入ってきたの。

清水・辛酸　ええっ！

泉　レコード大賞の選考が近かったので、挨拶がてら来たんでしょう。デュエットしましたよ。

清水　トシちゃん、そんな地道な営業もしてたんですね。本人の前でちゃんと踊ったんですか？

泉　いやあ。今と違って、適当な振りでもウケた時代だからね。ビデオデッキが普及しはじめたのは、70年代の終わりくらいでしょ。モノマネ番組に出る素人の振りマネのレベルが一気に上がったのは、80年代になってからじゃないかなあ。それに素人が歌手の振りを完全コピーするようになったのって、ピンク・レディーの影響が大きいですよね。

清水　ピンク・レディーは、子どもでも踊れましたからね。

辛酸　清水さんのスターは、やっぱりモノマネの対象者たちですか？

清水　私が中学、高校の頃は、桜田淳子さんや山口百恵さん、森昌子さんが大活躍の時代。自分より1、2歳上の人がスターになっていくのが面白かったし、学校のみんなもアイドルのマネしてた。辛酸さんはどんなアイドルが好きだったの？

辛酸　私は南野陽子さんです。あとフランス人にも憧れていたので、シャルロット・ゲンズブールも好きでした。

清水 憧れのアイドルが重厚すぎるよ。(笑)

辛酸 泉さんは、大学では確か、一昨年に事件を起こして世間を騒がせたサークル、広告学研究会に入ってらしたんですよね。

泉 ……例の件で解散になりましたけどね。僕が学生の時は、夏になるとキャンプストアという海の家をやっていました。そこに小さな仮設ステージがあって、新人歌手を呼ぶんです。デビューしたばかりの所ジョージさんや大場久美子さんも来ました。

辛酸 すごい華やか！　学生の頃から間近でスターたちを見てきたんですね。

泉 僕は催し物の運営を担当していたので、レコード会社に企画を持ち込んだり、打ち合わせに行って試聴盤をもらったりしていました。その時の経験が、僕の歌謡曲知識のルーツになっていますね。

72年は、テレビによるドキュメンタリーの年

清水 泉さんは、小さい頃からテレビもお好きだったんですか？

泉 大好きでしたよ。小さい頃、ＮＨＫで『ブーフーウー』をよく見ていて。ウーの声で出演していたのが黒柳徹子さん。同時期にＮＨＫでやっていた『魔法のじゅうたん』では、黒柳さんが「アブラカダブラ！」と魔法の呪文を唱えて、子どもたちをじゅうたんに乗せて東京の上空を飛び回る。当時の最新特殊撮影技術が使われていました。

辛酸　黒柳徹子さんが、その頃からずっと活躍なさっていると思うと感慨深いです。

泉　『ブーフーウー』は『おかあさんといっしょ』の1コーナーでしたが、『おかあさんといっしょ』の初代「たいそうのおにいさん」だったのが、のちに大山のぶ代さんと結婚した砂川啓介さん。

清水　『ブーフーウー』は、私もなんとなく覚えてる。ほかに印象的だったのが、夜の時間帯にやっていた『ディズニーランド』。最初にシンデレラ城が出てきて、夢の世界のように思えた。

泉　ウォルト・ディズニーが作っていた番組だね。懐かしい。58年に日本テレビで放送が開始された当初は、2週間に1回の隔週で、『日本プロレス中継』と交互放送だったんですよ。

清水　ディズニーとプロレスが交互だったんですか？　ターゲットが違いすぎる（笑）。辛酸さんは小さい頃、どんなテレビが好きだったの？

辛酸　幼稚園の頃、アニメの『一休さん』が好きでした。一休さんに対してはじめて「性の目覚め」みたいなものを感じたんだと思います。

清水　ちょっと！　なんであんな純朴な方に。（笑）

辛酸　一休さんがおしおきをされて、牛車に引きずられて血みどろになるシーンがあって、そこに萌えたんです。

泉　坊主頭がよかったのかな。

辛酸　そうかもしれません。その後、映画『処女が見た』の若尾文子さんの尼僧姿もセクシーでいいなと思いましたし。

清水　萌えるポイントが、人と違うなあ。（笑）

泉　僕の場合、オリンピック観戦もテレビの記憶と結びついています。前回、64年の東京大会の時は小学2年生。体操のチャスラフスカが演技をする時、学校の先生がモノクロのテレビで見せてくれました。ちょうど掃除当番で、掃除しながら見た記憶があります。72年の札幌の時は中学2年。女子フィギュアスケートのジャネット・リンが印象的でした。

清水　かわいかったですね。

泉　札幌オリンピックのテーマ曲は、トワ・エ・モアの「虹と雪のバラード」。あの年、オリンピックが終わって1週間後くらいに、連合赤軍のあさま山荘事件が起きた。あさま山荘事件の頃に流行っていたのが、ペドロ&カプリシャスの「別れの朝」。

清水　すごい記憶力だなあ。

辛酸　曲と絡めて当時を記憶しているのが、泉さんらしいですね。

清水　あさま山荘事件の時は、日本中の人がテレビにかじりついたよね。

泉　あの事件はその後も番組などでたびたび取り上げられるから、若い世代でも映像で知っている人は多いんじゃないかな。72年は、テレビによるドキュメンタリーの年だったように思いますね。たとえば佐藤栄作首相が新聞記者を全員退席させて、テレビカメラの前だけで退陣会見をしたのも、72年。印象に残る年でした。

店主が威張っていた喫茶店の香り

清水 こうしてお話を聞いていると、私にとって泉さんは、やっぱり〝東京の子〟という感じがするんです。泉さんのエッセイを読んでいてもそういうふうに感じることが多くて、羨ましく思ってた。地方で育つと、芸能界やテレビの世界がすごく遠く感じられるんですよ。

泉 当時は、放映していないテレビ番組もあったでしょうね。

清水 ありました。せんだみつおさんが司会をしていた夕方の『ぎんざNOW!』とか、すごく見たかったです。

泉 でも清水さんの場合、ご実家がジャズ喫茶というのは、音楽をやるうえで大きかったと思いますよ。昔のスタンダードジャズも詳しいんですか？

清水 私は詳しくないけれど、1階がお店で2階が住居だったので、確かにいつもジャズが聴こえているのが普通の生活でしたね。今は弟がお店を継いでるんですが、父の頃は、リクエストに応えてレコードをかけるスタイル。

泉 ジャズ喫茶に入り浸っていたのは、僕よりちょっと上の世代なんです。いわゆる団塊の世代。東京だと、渋谷の百軒店《ひゃっけんだな》や新宿の三越裏あたりがメッカだったらしい。

清水　昔はジャズ喫茶というと、店主もお客さんもちょっとうるさ型の人が多かったよね。どちらかというと、店主はお客さんより威張っていた気がする。

辛酸　私語厳禁とか。

清水　そうそう。うちの父は「店主が怒る」ブームが東京にあるって耳にして、それ以来、「お静かにお願いします」と書かれたカードをお客さんに出すようになったの。私、それがすごくイヤだった。

辛酸　注意するのも静かに、紙なんですね。(笑)

泉　今、東京で残っている古いジャズ喫茶といえば、新宿の「ＤＵＧ《ダグ》」かな。僕がまだ25か26で編集者だった頃、みうらじゅんさんとはじめて会った店です。ある月刊誌で怪獣映画を特集するというので会うことにしたのですが、事前に何も相談していないのに、二人とも、ゴジラの写真とかを貼りつけた分厚いスクラップブックを持参していた。

清水　あ、みうらじゅんさんの本で読んだことあります。たいがいの人は自分のスクラップブックの量にびっくりするのに、泉さんは微動だにしなかったから、「何者だ？　こいつ」と思ったって。

泉　クラシック音楽を聴かせる喫茶店も、昔は多かったですね。

清水　渋谷の「名曲喫茶ライオン」は今も健在。この間も行きましたよ。本を読みたい時とかにいいんです。

泉　名曲喫茶って、スピーカーに向かって席が一方向だけに並んでいるでしょう。だから落ち着くんだよね。まわりから見えにくいのを理由に、その後、同伴喫茶に発展したところもあるくらいだから。

辛酸　私は一時、中野にある崩れそうな古い名曲喫茶に行っていました。20年くらい前です。

泉　それは「クラシック」という、そのまんまの名前のお店かな。もう閉店してしまったけど。辛酸さんの世代で名曲喫茶に行っていたなんて、珍しいんじゃない？

辛酸　コーヒーのクリームが、なぜかマヨネーズの蓋に入っていました。

泉　店によって、独特の流儀があったものだよね。僕は昔、煙草を吸っていたけれど、あの店にはなぜか「わかば」しか置いていなかった。

清水　ジャズ喫茶もクラシック喫茶も、煙草くさいのがポイントでしたね。

泉　そうそう。今でもああいうお店に行って煙草の匂いがしないと、ちょっと拍子抜けする。

清水　懐かしき昭和の香り。

泉　なんなら入り口に「副流煙あります」と張り紙してもらいたいくらいだ。（笑）

昭和はやっぱり面白い時代だった

清水　辛酸さんの世代で「今はなき、懐かしい場所」っていうと、どういうところになるんだろう。

辛酸　渋谷のファイヤー通りにあった「文化屋雑貨店」がなくなった時は、寂しかったです。

清水　へー。確かに、あそこはマニアックなものばかり扱っていて、面白い店だったなあ。

泉　代官山の「ハリウッドランチマーケット」や中国雑貨を扱う「大中」なんかも、「文化屋雑貨店」と同じく、70年代にオープンして脚光を浴びたよね。

辛酸　高校時代、ハリウッドランチマーケットを「ハリラン」と略すか、「ランチマ」と略すかで、友達と話し合いになったことが懐かしいです。

泉　僕が若い頃は「ハリラン」だったけど、その後「ランチマ」に変わっていったらしい。符丁というのは、時代とともに変わるもので、たとえば僕の頃は自由が丘を（ひっくり返して）「オカジュウ」と呼ぶのが普通だったけど、今は「ガオカ」でしょう？

辛酸　世代がはっきり見えてきますね。

泉　さっき話に出た渋谷の「ファイヤー通り」も正式名称ではなくて、ファッション誌などで一般的に認識されるようになった通称。

辛酸　最近、表参道のクレヨンハウス周辺は、オーガニック系のコスメ店が増えたので、「オーガニック通り」と呼ばれているそうです。

泉　それははじめて聞いたな。僕がちょっと無理があるかなと思っているのが、「ダガヤサンドウ」。

清水　どこですか、それ。ちょっと名古屋っぽい。（笑）

泉　千駄ヶ谷と表参道に囲まれたエリアらしいんだけど。

辛酸　最近のネーミングなのに、音がおしゃれじゃないですね。濁点が多すぎます。

泉　平成がもうすぐ終わる時期ではあるけれど、振り返ってみると昭和はやっぱり面白い時代だった。清水さん、昨年末の武道館のライブで都はるみさんのマネもやったじゃない。僕は清水さんにもっと演歌や昭和歌謡をやってほしいんですよ。

辛酸　そういえばお二人は、31年も前からのお知り合いなんですよね。

泉　『冗談画報』のディレクターと清水さんのライブを観に行って、ぜひ番組に出てもらいたいな、と声をかけたんです。当時はトークが今より少なめで、戸川純さんのモノマネをしていた印象が強い。

辛酸　私は、武道館ライブでも盛り上がっていた、通販サイトの紹介をする瀬戸内寂聴さんのネタが大好きです。その頃から瀬戸内さんのマネはやってらしたんですか？

清水　瀬戸内さんは、まだここ5、6年なんですよ。ちゃんと瀬戸内さんの顔に見えた？

辛酸　見えました！　口寄せじゃないけれど、魂が降りてきてる、と思いました。

清水　辛酸さんは、普段モノマネとかしないの？

辛酸　ちょっとした短い動作は時々やります。金正恩委員長の妹が物陰から見ている、みたいなのとか。

清水　ネタの選び方も普通じゃないよ。辛酸さんの大好きな皇室は？

辛酸　畏れ多いことに、コスプレしたことがあります。

泉　それは畏れ多いね（笑）。誰に扮したの？

辛酸　紀宮さま（黒田清子さん）です。ご婚礼の日に、宮さまがよくお召しになるようなワンピースと帽子を身に着けて、披露宴会場だった帝国ホテルのまわりをうろつきました。

清水　やることが徹底してる。そしてちょっとこわい！（笑）

イジワルな視点を持ちながら

泉　皇室といえば、眞子さまのご結婚が延期になりましたね。

辛酸　お相手の小室（圭）さんのお母さまには、妙な魔力というか、吸引力みたいなものを感じます。つい写真をじっと見入ってしまって。まあ、シングルマザーとして頑張ってきた方なんでしょうね。

泉　小室さんご自身はどういう方なんでしょう。僕には、真面目な好青年のように映るけど。

辛酸　そうですね。ただ一時はアナウンサーを目指したり、銀行員をやめて国際弁護士を目指したり、将来に対してブレがあるのが心配。ご自身の座右の銘のとおり、レット・イット・ビーという感じがありますね。

泉　ちょっと巨人の高橋由伸監督に似てません？　朗らかな「若大将」のイメージという

か。

辛酸 うーん。プロ野球選手くらいの卓越した才能と年収があればよかったんでしょうけど……。

清水 よかったんでしょうけどって、ちょっと！（笑）

辛酸 結婚延期も、たぶん関係者の「できれば気持ちが冷めて破談になってほしい」と願う派と、「2年間で絆をより深めてほしい」と思う派との、せめぎ合いなんじゃないでしょうか。

泉 清水さんは、皇室の方のモノマネはあまりしないよね。

清水 一度、写真で顔マネをしたことありますよ。

辛酸 もしかして雅子さま？

清水 そう。ぜんぜん似てなかったけど。（笑）

辛酸 東宮妃にいくとは、勇気がありますね。

泉 二人には、いい意味で女子校的な辛辣さというかイジワルさがある気がするね。

清水 よくそう言われるけど私、高校までは共学なんですよ。辛酸さんは中学、高校と女子校だよね。

辛酸 はい。確かに女子校に行っていると、評価や視点が辛口になりがちかもしれません。さっき泉さんが、清水さんに昭和歌謡をもっとやってほしいとおっしゃっていましたが、私は清水さんの、音程があぶなっかしい人のモノマネが大好きなので、もっといろいろ見てみたいです。

清水 ありがとう。平成で活躍する歌手はみんな歌がうまいけど、昭和の頃は「よくレコード出しましたね」と思うほど、無防備でヘタっぽい人がけっこういたじゃないですか。

辛酸 音程があぶなっかしい人って愛嬌があります。みんながうますぎると、つまらない。

泉 だから、学校でみんながアイドルのマネをできたのかもしれないね。

清水 そうなの。もっとそういう歌手をみつけてマネしたい。昭和の香りがして、お人好しで、無防備な人！

みんな好きな、カラダの話

能町みね子

池谷裕二

いけがや　ゆうじ

脳研究家・薬学博士。１９７０年静岡県生まれ。東京大学薬学部教授。神経科学や薬理学を専門とし、脳の成長や老化を探究している。『海馬』『進化しすぎた脳』など著書多数。

のうまち　みねこ

文筆家・漫画家。１９７９年北海道生まれ。『オカマだけどＯＬやってます。』でデビュー。多くの媒体でコラム等を連載し、著書に『雑誌の人格 ２冊目』『文字通り激震が走りました』『私以外みんな不潔』など。好角家として知られており、テレビやラジオでの解説にも定評がある。

（『婦人公論』２０１８年4月24日号掲載）

脳研究家の池谷裕二さんと文筆家の能町みね子さんは、なんと今日が初対面。でも能町さんには、ぜひ池谷さんに尋ねてみたいことがありました――

誰もが幻覚を見ながら生きている

清水 池谷さんは薬学博士であり、脳の研究がご専門。

池谷 はい。脳は一生成長しますし、その過程で独自の思考パターンを身に付けたりする。そういう脳の変化がどのように起こっているのかをメインテーマにしています。

清水 よく、人間は脳の10%しか使っていないと言うじゃないですか。あれは本当なんですか?

池谷 いきなり核心を衝きますねえ(笑)。研究すればするほど、10%もいかないのではないかと思うようになりました。

能町 え、もっと使ってないってことですか?

池谷 でもそれは僕の印象で、正確には「わからない」が答えです。パーセンテージを計算するためには、「分母」、つまり脳の限界値を知らなくてはならないけど、これが今のところ見当がつかない。

清水 やっぱり脳みそってすごいんだ。

能町 すごいというか、自分で自分の脳が信じられなくなることってありませんか？　以前ベッドに横になっている時に、ひどい幻聴を聞いたことがあって。頭のすぐ上のところで、男の人が一所懸命何かをしゃべってるんです。

清水 幽霊じゃないの？（笑）

能町 その時はもう朝で、あたりは明るかった。私の意識もはっきりしていて、絶対に人がいるわけがないと頭ではわかっているにもかかわらず、確かに声がするんです。しばらくしてふっと気づいたら、それはカチカチカチ、という時計の音だった。

清水 わー、わー。それは相当疲れてたんだろうね。

能町 確かにストレスを感じる時期ではあったんですが、私にとってあまりに強烈な体験で。その時、もう自分の脳や神経って信じられないなと思った。誰かが幻聴を聞いたと言っても、もう気のせいなんて言えないです。

池谷 そう、まったく笑えませんよ。例えば夢は、基本的に丸ごと幻聴、幻覚ですからね。みんな当たり前のように毎日見ていますけど、それがたまたま昼間に起こると、病気のように言われたりする。

清水 そうか、みんな毎日幻覚を見ているのに、気にしないで生きているんだ。あらためてそう言われると、不思議というか怖いというか。

池谷 先ほど人間は脳のすべてを使い切っていないという話をしましたけど、脳のある部位を刺激したり麻痺させたりすると、途端にすごい計算力を発揮するようなことが起こるんですね。人間の脳は、そんなポテンシャルも秘めている。でも、みんなが突出した能力を持つ社会って、想像できますか？　それが当人の生きづらさに繋がることもあるでしょう。

清水 記憶が消せないで、大変な思いをしている人の話を聞いたことがあります。

池谷 なので脳にはあえてその働きをセーブする、つまり１００％使わないようにする機能が備わっていることも、だんだんわかってきました。

清水 なるほど。「使い切らないともったいない」というレベルのお話ではないんですね。

それぞれ違う「特技」と「脳」

能町 計算力ではないんですけど、私にはちょっとした特技があって。（と、テーブルに置かれた『婦人公論』の表紙を指さして）ここにあるタイトルが15文字だって、見た瞬間にわかるんです。

清水 え？　１、２、３……わ、ほんとだ！　なにその特技！

能町 文字だけじゃなくて、形が同じようなものが固まってそこにあると、何個あるのかが

池谷　一瞬でわかる。あまり数が多くなるとだめだし、文字も句読点があったりすると意識が持っていかれちゃって数えられなくなるから、能力としては微妙なんですけど。もしかしたら高機能自閉症の可能性がありますね。知的障害のない自閉スペクトラム症です。限定された物事へのこだわりが強いけれど、優れた才能を発揮することがあるので、アーティストや研究者に多いのです。

清水　今までそう診断されたことはあるの？

能町　いえ、初めて。ちょっとびっくりしています。

池谷　実生活で困ることはないというか、むしろ便利なわけだから、わざわざ病院に行ったこともないでしょう。

能町　私、こういうことはみんなも普通にできるって、ずっと思っていました。なのに、どうして丁寧に数え直すのだろうって。そうじゃないことに気づいたのは、20歳を過ぎてからです。

池谷　そういう能力を持った方は、時々いますよ。出版社の校閲部で働く知人は、誤字が自然に輝いて見えるのだそう。彼は文字だけではなくて日常の違和感にとても敏感で、カツラの人もすぐに見分けてしまう。しかもすごいのは、ホームを通過する電車内の乗客を見てもわかるのだそう。

清水　先生、その話つくってませんか？（笑）

池谷　本当の話ですよ（笑）。私は彼も高機能自閉症だと睨んでます。

清水 池谷さんご自身は、何かそういった特技をお持ちですか？

池谷 逆に校閲の手を煩わすほうなんです、僕は。識字障害というのですが、とにかく文章を読むのが苦手、書くのも苦手。

清水 あんなにたくさん本や論文を書いてるのにですか。それは意外。

池谷 メールも普段から誤字が多くて、「ちゃんと読み直して送って」と叱られています。でも僕は、送る前に一所懸命読み直しているんですよね。

清水 さっきの校閲の人が見たら、まぶしいくらいになってる。（笑）

池谷 ちょっと言い訳をさせてもらうと、そもそも文字は人間にとってすごく「不自然」なものなんです。人類の長い歴史の中で、文字ができたのはたかだか６０００年前。つまり脳は文字を識別するために発達してきたのではなく、脳の活動の結果、たまたま文字が発明されたわけですね。ですから、バグ的副産物ともいえる文字をうまく使いこなせない脳があっても、不思議ではないと思います。

能町 へえ、面白いですね。脳の常識がどんどん壊されていく感じ。モノマネがうまい人にも、何かあるんじゃないですか？

清水 私は学生時代、みんなが桃井かおりをやれると思ってたの。照れくさいからやらないだけだと思ってた。ただ、この前ボイストレーナーの先生に言われたのは、私の顎の骨格は人と違っていて、普通は動かないところが動くんだって。たぶんそれが、いろんな声を出せることに関係してるんじゃないかと言われました。

池谷　もちろんそれも重要なことですが、それ以前に対象の特徴を見抜く力とか、どう演じれば見る人間に「似てる」と思ってもらえるのかを想像する力がないと、あの芸は無理でしょう。

能町　ああ、その通りですよね。そうしたものを偶然持ち合わせたからこそ、清水さんのモノマネが成立している。

池谷　やっぱり特異な才能と言うしかないですよ。

「自分の肉の音」を聞く恐怖の体験

能町　高機能自閉症というのもレアな症状かもしれませんが、私はレアな病気をいくつか経験していて、心臓ペースメーカーも入れています。

清水　そうなんだ。

能町　いまだに病名がはっきりしないのだけれど、20代後半の時、駅の階段を上るだけで息が切れて、おばあちゃんよりも歩くのが遅くなっちゃって（笑）。そのうち、運動すると脈が落ちることに気づきました。

清水　普通はドキドキ速くなるのに？

能町　そう。でも病院に行っても、その様子が医師に伝わらない。検査する時は安静にしてますからね。ずっと「軽い不整脈でしょう」と言われていて。

池谷　お医者さんも、この人は健康なのにどうして何度も来るんだろうと思ったでしょうね。

能町　何回目かに「ここで運動させてくれ」って担当医に直談判しました。病院のトレッドミルで走ったら、見事に心拍数が毎分30回まで落ちて。「やった！」と思いました（笑）。その後、ペースメーカーを埋め込む手術を受けることになってから一つ驚いたことが。胸を開く手術なのに、全身麻酔じゃなかったんですよ。麻酔が効いているのは、首から下だけ。

清水　ええっ、意識があるの？　それ嫌だなあ。

能町　まったく想定外だったのは、音が聞こえること。「自分の肉の音」っていうのを初めて聞いたんですが、普通の肉、例えばハンバーグのタネをこねているようなペチャペチャ、グチャグチャっていう音なんですよ。これが何時間も聞こえてくる。あ、やっぱり人間もおんなじ肉なんだって。（笑）

清水　お願い、やめて！　それ、どうにかならないんですか？

池谷　耳栓するしかないですね。

能町　手術前には、「器械からのびるリード線が心臓に刺さる可能性があります」という話もされるわけです。

池谷　インフォームドコンセントは規則で必須なんですよ。でも実際に聞くと、「じゃあ、やめます」と言いたくなる。（笑）

能町　そんな万が一のことがある手術なら、ゆっくり慎重にやってくれるんだろうと思うじやないですか。ところが、なんか力ずくでグイグイ埋めるっていう感じで、「入んないな」なんていう声も聞こえたりして。

清水 ペチャペチャのうえに（笑）。痛くなくても、精神的にやられるわ、それ。

能町 あんなに恐ろしい体験というのも、滅多にないですよ。

池谷 全身麻酔をしないのにはちゃんと理由があります。医療現場では全身麻酔薬を使う回数をできるだけ少なくしたいのです。全身麻酔薬はとんでもなく危険だというわけではないけれど、ただ、そもそもなぜ麻酔が効くのかよくわかっていない。

能町 また一つ、すごい話を聞いてしまった。

清水 それ、本当なんですか？

池谷 全身麻酔の作用メカニズムを完全に解明したらノーベル賞がもらえると言われています。なぜだかわからないけれど、よく効いて、まあまあ安全そうだから、とりあえず使っている。

能町 自分の妻と母を実験台にした華岡青洲の麻酔は？

池谷 麻沸散《まふつさん》といって今は使われていませんが、華岡青洲の薬が世界初の全身麻酔薬であることも事実なんですよ。あれは江戸の末期でしょう。麻酔薬って、そのくらいの歴史しかないわけです。能町さんが打たれたような局所麻酔薬だって、開発されてからたかだか数十年しか経っていない。

能町 そう言われると、手術中に何が聞こえようが、麻酔があってよかった（笑）。麻酔がなかったら、心臓とか脳の手術なんて、とてもできませんよね。

池谷 実際、痛がる人を強引に押さえつけて、無理やりオペしていたくらいですから。

能町 ああそうか。よく時代劇で、鉄砲で撃たれた人が縛り付けられて……。

清水 お酒を口に含んで傷口に「プー」って吹きかけて、「ウワー」とか。

池谷 あとは頭を殴って、脳震盪《のうしんとう》で失神しているうちに切っちゃうというのもあります。海外の医療現場では、わりと最近までそんなことが実際に行われていたんですよ。

コミュニケーションと「誤嚥」の、深い関係

能町 清水さんは、全身麻酔をかけられるような病気をしたこと、ないんですか?

清水 おかげさまで、麻酔は歯医者さんでかけられたくらい。

池谷 虫歯の治療で使う局所麻酔薬は、神経の伝達をブロックするもの。あれはメカニズムがはっきりわかっています。

清水 歯の麻酔って、ちょっと変な感覚があるよね。

能町 口の端からよだれが流れ出て止まらなかったり。(笑)

清水 そうそう。唾液って、普段こんなに出てるんだって思う。

池谷 局所麻酔薬は痛みの神経だけでなく、すべての神経に作用して麻痺させます。口の筋肉を動かす神経も働かなくなって、唾液を吸えなくなる。親知らずの手術や胃カメラ

の後、しばらく食事はしないように言われますが、腔内の運動の神経を止めているので、誤嚥《ごえん》の可能性があるのです。

清水 お年寄りが餅を喉に詰まらせて亡くなるのも、そういう機能が衰えるからなのね。

池谷 はい。ところで誤嚥はこれまた不思議な現象で、みんなお餅が気道をべったり塞いで窒息すると思っているでしょう。違うんですよ。実は、ぜんぜん詰まってないんです。

能町 えっ、でも、詰まらなかったら窒息しないんじゃ？

池谷 気道と食道の分かれ道に、スイッチのようなものがあって誤嚥を防いでいます。そこに食べた物が触れると、気道が全面的に息を吐くモードになって、咳き込みます。一所懸命食べ物の侵入を防ごうとするのですね。普通は食べ物がそこをスルーしていくのだけれど、反射機能が衰えたお年寄りが粘度の高いものを口にすると、運悪くそのスイッチに触ってしまうことがある。

清水 息を吐けスイッチが押しっ放しになるんだ。

池谷 そう。食べ物がそこをどかない限り、気道は塞がっていないのに、いくら努力しても息は吸えない。誤嚥を避けるために備えられた防御機構ですけれど、皮肉なことに、これが効きすぎて命を落とすことに繋がるわけです。

清水 食道と気道の位置を2本に分けなかったのは、神様のミスだって何かの本で読んだことがあります。

池谷 まあミスと言えばそうかもしれないなあ。人体にそういう不合理な箇所はいっぱいありますね。ちなみにサルは、食道と気道の分岐点がずっと上のほうにあるので、誤嚥は起こりません。よく赤ん坊はサルみたいと言われますけど、気道の点からみてもまさにそうで、分岐点が上のほうにある。だからおっぱいを吸いながら呼吸ができるんですね。大人は、ストローでジュースを飲みながら息は吸えないでしょう。

能町 歳をとると、その分かれ道がだんだん下がってしまうということですか。

池谷 でもそのおかげで、咽頭部にうまく空気を通してしゃべったり歌ったりできるわけです。泣くことしかできない赤ん坊と違って。

能町 あ、なるほど。

池谷 人は、高度なコミュニケーションの手段を手に入れるために、誤嚥というリスクを背負ったと言えるのかもしれません。

笑いを取るなら夜がいい

清水 歳をとると、みんなちょっと楽しそうに、病気の話ばかりするようになるよね。ずっと不思議だったんだけど、最近そういうのがわかるようになった。(笑)

池谷 なんとなく、お互い共感できるんですよね。

能町 恐怖体験はしているけど、私も病院が大好きなんですよ。すべてを他人に任せて、もうどうにでもしてっていう境地になれる、究極の場所だと思う。

清水　ただ単に、Mなんじゃないの？（笑）

能町　痛いのはイヤですよー。でも前に友人同士で集まって、人生で一番痛かった体験を一人ひとり披露することにしたら、すごい盛り上がった。人体ネタは、みんな好きだと思います。

池谷　ちなみに僕は痛風で。これは痛いです。圧倒的に男性の率が高いのですが、たまに女性患者もいる。同病相憐れんで話が盛り上がった時に、「ところで出産とどっちが痛いですか？」と聞くと、間髪をいれず「出産だ」って。「あの痛さに比べたら、かわいいものだ」と言われました。以来、発作が起こっても痛がらないように気をつけています。（笑）

清水　確かに、私の激痛体験は出産ぐらいだなあ。出産の時、産科の看護師さんが優しい人でね。陣痛が始まった私のそばで歌を歌い始めたの。でも私、「ちょっとそれ、やめてください！」って（笑）。なんだろう、ああいう時は短気になるのかな。

池谷　それは自我消耗と言います。何かで頭がいっぱいだと、他人に優しくなれなかったりする。モラルも下がります。

清水　わかるわあ。（笑）

池谷　午後になると、午前に比べて嘘をつく回数が2倍も3倍も増えるんですよ。脳が疲れてくるからですね。

能町　最近、子どもを産んだ仲のいい友達がいるんですよ。普段は当然タメ口で、「よかっ

清水 たら出産に立ち会いにおいでよ」というLINEがきて、私もすっかりその気でいたら、直前になって「痛すぎるので、終わってからでもいいですか?」って。彼女の敬語を、その時初めて見た。

池谷 あははは。痛すぎてモラルが上がることもあるんだ。そういえば最近は、週末になると16時開演とするライブ会場が増えてきたの。でも私の場合、同じ内容だと明らかに19時開演にしたほうが全体的にノリがいいし、ウケる。

清水 疲れてくると、認知レベルが下がるんですね。要するに、物事に感じる気持ちのハードルみたいなものが、夜にはグッと低くなるわけ。だから怒りやすくもなるし、笑い上戸にもなる。

池谷 認知レベルが下がるって……。みなさん、私のライブは疲れ切ってから観に来てください ね(笑)。池谷さんは、これからやりたいことってなんですか?

能町 脳と脳を繋げたらどうなるかとか、脳と人工頭脳を繋げたら、とか。いまネズミで実験をやっているのですが、ネズミにはできないことができるようになったりするはずなんですよ。そんなことを通じて、最初にお話しした脳の「分母」を極限まで探りたいですね。

池谷 最後になって、急に池谷さんがマッドサイエンティストに見えてきた。(笑)

清水 あははは。実はそうかも。

一線を越えないように、頑張ってください。(笑)

デーモン閣下
中野信子

怖い人間、優しい悪魔

デーモンかっか

魔暦前16（1983）年、聖飢魔IIの詛・伝導方として現世に侵寇。和の伝統芸との共作活動を昭和時代から150回以上継続展開、上海万博では「文化交流大使」も執務。魔暦21（2019）年、通算49作目の音楽アルバム『うた髑髏―劇団☆新感線劇中歌集―』を発表。広島県がん検診啓発特使。

なかの　のぶこ

脳科学者。1975年生まれ。フランス国立研究所勤務などを経て、現在、東日本国際大学教授。脳や心理学をテーマに、人間を読み解く幅広い研究や執筆を行っている。『サイコパス』『ヒトは「いじめ」をやめられない』『戦国武将の精神分析』など、話題を呼ぶ著書多数。

（『婦人公論』2018年5月22日号掲載）

学生時代からヘヴィメタを愛する中野信子さんにとって、デーモン閣下は憧れの存在でした。今日は、研究者や先生としての表情を封印して――

体育だけが〝2〟の通信簿

中野 （連載のバックナンバーを見ながら）あ、おぎやはぎの矢作（兼）さんだ。

清水 相方の小木博明さんの義母、森山良子さんと一緒に出てもらった回だね。

中野 実は私、矢作さんがきっかけで、この春から学生やってるんです。

清水 どういうこと？

中野 矢作さんは美術館や博物館紹介の番組に出てらっしゃるように、アートに詳しい方。美術展にご一緒しているうちに、私もアートやキュレーションのことを改めて勉強したいという気持ちが盛り上がってきて。去年、ダメもとで東京藝大の大学院を受験しました。

閣下 それで受かっちゃうところがすごいねえ。ちゃんと受験勉強をしたのがえらい。

清水 おめでとうございます。藝大の何科？

中野 国際芸術創造研究科です。創作するのではなくて、たとえば日本のアーティストをどう世界にプロデュースしていくか、といったことを研究します。いいですよ、学生は。映画も学割で観られるし。(笑)

清水 大人になると、なかなか「もう一度学生になろう」とは思えないものだよね。

中野 大人になってお金が貯まると、多くの人は家を買ったり車を買ったりすると思うのですが、学ぶことは人間にとって一番の贅沢、というのが私の信条でして。

閣下 子どもの頃から、勉強はよくできたほう？

中野 そうですね、通信簿はほとんど〝5〟でした。でも体育だけ〝2〟だったなあ。

閣下 〝2〟？ それはけっこうショックだね。せめて〝3〟であってほしかった。(笑)

中野 チームプレイが苦手だからかな。社会性がないからだと思います。

清水 運動神経より、性格の問題ってこと？(笑)

中野 勝つためなら、と我を忘れちゃうんです。ルール無視で、邪魔な人がいたら押し倒してでも前に行くタイプ。チームプレイではありませんが、高校の時の薙刀《なぎなた》の授業で、必死に打ち勝って面を取ったら、相手の子がわんわん泣いていた。

閣下 あははは。高校生とはいえ、相手が泣くまでバシッ、バシッって。

中野 しまった、またやっちゃったってその時は反省するけれど、結局そういう癖は直らないものですね。

清水 中野信子さんには、テレビで冷静にコメントしている姿とは別の素顔がありました。

閣下 へえ〜、面白いな。（笑）

「優しい悪魔」に学んだ論破の技

中野 閣下は確かに悪魔ですけど、お話を聞いているとすごく人情に厚い。冷たいのはむしろ人間のほうじゃないかって、いつも思います。

清水 よっ、人情悪魔！

閣下 わははは。いきなり何を言い出すのだ。

中野 いつだったか、結婚式でスピーチを頼まれた時のエピソードが印象的でした。「晴れの場で悪魔がスピーチなんて……」という出だしで始まって。

閣下 ああ、あのパターンね。

清水 あーあ、「パターン」って言っちゃった。

閣下 「人間たちは、めでたい場では『結婚は人生の墓場』みたいな言葉を嫌うのだが、それを言われて頭に来るなら、10年、20年後に会った時に、『ほら、あんたの言うことは当たらなかった』と言ってみろ」って締めるパターン。いくつか用意してんのよ。

（笑）

中野 そういうロジックの切り替えがすごく気持ちよくって。昔、閣下のラジオを聴きながら、「おかしいと思うことには、こうやって切り返せばいい」という方法をずいぶん学ばせていただきました。

閣下 昔とは？

中野 中学時代です。

閣下 その頃、吾輩はもうラジオでしゃべっていたのか。(笑)

中野 『オールナイトニッポン』です。大学の卒業式に、人間のコスプレをしないで出席された話も忘れられません。

清水 えっ。卒業式、そういう格好で出たんですか。

閣下 遅れ気味に到着して、誰もいないところをすたすた歩いていたら、いきなり守衛に呼び止められて、「君は卒業生か?」と。「そうだ」と答えたら、「その不真面目な格好で式に出るつもりなのか」と言うから、「不真面目とはなんだ!」って。

中野 そう。「おそらくみんなはスーツを着ているはずだ。それで彼らが社会に出ていくのと同じように、私はこの格好で社会に出るのだ。文句があるのか」って。

清水 よく言った!

中野 カッコいいですよね。

清水 でも、言い返された守衛さんは驚いただろうね。

閣下 呆気に取られて二の句が継げないでいる前を、「じゃあ」って。

清水 そうやって、みんな論破されちゃうわけだ。

中野 それで私も閣下に倣って、物事を合理的に判断して、かつ自分の思うところはちゃんと主張しようと決めたんです。やっても意味のない宿題はやらない、とか。

閣下 あははは。何でそこにいく?

中野 すでにマスターしたことをやるのは、時間の無駄。もっと価値のあることに使うべきだと気づいた。

閣下 先生も嫌だったろうなあ、そんな中学生。「中野、なぜ宿題をしてこないんだ?」「私、この程度の勉強はできますから。無意味なことに時間を使いたくありません」。(笑)

清水 さっきの薙刀の話といい、教師泣かせだね。そういう会話の切り返しが早いと、生放送の情報番組で瞬時にコメントを返すのに生かされる?

閣下 いやいや。すごく気を使う。吾輩が気をつけているのは、極力個人の悪口を言わないこと。結局、自分に跳ね返ってくるからね。

清水 難しい〜。無難すぎたらつまらないじゃない。でも、ちょっと尖ったことを言うと、すぐにクレームがくるわけでしょう。

中野 私は、その人の立場なんかも考慮しながら、チクッと言ったりはします。「今日も、大臣は網タイツがお似合いでしたね」みたいに。

閣下 ああ、在任中に「ない」と断言していた文書が出てきて、また注目されちゃった人ね。そういうのは、悪口とは違うでしょう。その手の軽いイヤミは、吾輩も言うな。

閣下の忘れられない一番とは

清水　中野さんは春から学生になったそうですが、閣下は今から学びたいと思うことってありますか？

閣下　もちろんあるよ。たとえば大学に相撲のちゃんとした研究室を作って、徹底的に究めるのは面白そう、とかね。普通に相撲の研究をしている人はけっこういるんだけど、体系立ててやっているところはないから。

中野　それ、ぜひやるべきですよ、国技なんだし。

清水　それにしても、大相撲をめぐってこんなにさまざまな議論が巻き起こることって、これまでにあまりなかったんじゃない？

閣下　相撲協会は、ほんとに空気の読めていない集団だな、と。心臓マッサージで女性が土俵に上がった時の件など、行くところまで行った感が、吾輩にはある。

清水　いまや大相撲のご意見番といえば、閣下かやく（みつる）さんか、といった印象があるよね。そういえば、ご両名とも早稲田出身。

閣下　実は、なんと高校も同じ。やく先輩は4学年上かな。

清水　悪魔にも、「学年」があるんだ。（笑）

閣下　世を忍ぶ仮の学生時代の話だから、こういうのはいいの。

清水 ほらね。絶対、論破されるの。

閣下 やく先輩とは、3年ほど前に大相撲について語り合った本を一緒に出したことがある。

中野 今はすっかり人気が上がってきていますけど、閣下はそもそも大相撲のどういうところに惹かれているんですか?

閣下 魅力は数え切れないほどあるけど（笑）、突き詰めれば「美意識」。面白いな、と思うのは、それまでなんとも思っていなかった力士を、ちょっとした所作で好きになったり、逆に大嫌いになったりすることがある。

中野 一番一番にドラマがあるっていうことですか。

閣下 その通り。たとえば、吾輩の「忘れられない一番」というのに、琴ノ若の最後の相撲、というのがある。

清水 誰のことだかさっぱりわからない。（笑）

閣下 もう引退して13年になるかな。大関目前までいった実力のある力士だったけど体もボロボロで番付も落ちて。37歳、はっきりと引退発表はしていなかったけれど、今場所限りと思われ、きっと今日が最後だろうという取組の日のこと。吾輩はちょうど黒ミサ（コンサートの形式をとった悪魔の行事）の移動日で、一行が飲みに行くのを横目に、札幌のホテルでテレビにかじりついていたわけだ。

清水 最後を見届けようと。

閣下 そう。相手は、前頭13枚目の駿傑《しゅんけつ》という力士。ところが、あろうことかこの駿傑が立ち合いで変わって（ぶつかり合う前に、相手の左側か右側に体をかわすこと）、琴ノ若はあっけなく送り出されて……。

清水 あー、引退の花道が！

閣下 21年間相撲を取った名力士の最後だろうという相撲で、変わられて負ける。もうふざけんな、と思ってテレビに向かって罵詈雑言《ばりぞうごん》を浴びせたね。もちろん駿傑も幕内の番付を維持できるかが懸かっていたから、それなりに大事な一番なのもわかる。でも相撲内容が許せん！　わざと負けろとは言わないが、せめて思い切ってぶつからせてやれよ！　と。

中野 ドラマですねえ。でも私が力士だったら、やっぱり駿傑と同じことをやってたと思うな。勝たなきゃ、という気持ちが優先。相手の引退の思い出づくりまで慮《おもんぱか》れない。

閣下 わははは、そうか。

清水 かわいそうに。こんな何年も経って、『婦人公論』で糾弾されるとは思わなかっただろうね、駿傑。

閣下 しかも、個人攻撃しないはずの悪魔が、その舌の根も乾かぬうちに（笑）。でもそのくらい「美意識」は大事なの、相撲では。

女が見られる夢は江戸時代より狭い!?

清水　大相撲で取り沙汰されている問題に、女性を土俵に上げるべきか、というのがあるよね。

閣下　現行のプロの職業相撲を大相撲と言うのだが、取組などを見せ収益を得るエンターテインメントなので、そもそも大相撲は「神事ではない」というのが吾輩の持論である。

清水　へえ！　まさに興行だ。

閣下　今の大相撲の原型ができあがった江戸時代には、純粋な「見世物」「娯楽」だったのだ。でもさまざまな制約を受けるなか、その格式を高める目的で、「実はこういう神事に基づいている」というシステムに変化していった。

清水　だから、女性が土俵に上がってはいけない、という決まりは明治時代になってできたと言われているのね。

中野　この問題、時に感情的になり過ぎている女性の意見のほうが、私は気になりました。

清水　あ、これから尖ったこと言うの？

中野　はい（笑）。もちろん、「女性はＮＧ」という仕組みを後付けで決めて強制するというのは、いかがなものかと思います。そのへんは、もう一度時代に合わせてフレキシブルに考えるべき。ただ、こういう性差の問題になると、自分の置かれた環境へのルサンチマン（怨恨）を重ね合わせて、「女性差別をするな」ってムキになっちゃう女性がけっこういますよね。

閣下　あらゆることで性差を否定する方向に持っていく傾向ね？

清水 女性が男性とまったく同様に活躍できるかって言われると、いまだに難しい社会だから、そういう被害者意識のようなものがなくならないのかな。

中野 今年のお正月に、大奥を扱ったテレビ番組で、清水さんとご一緒させていただきましたよね。

清水 新たに発見された資料を基に、謎に包まれていた大奥の真実に迫るドキュメンタリー。面白かったね。

中野 大奥にいる女性には、二つの出世の道がある。一つは将軍の寵愛を受けてお世継ぎを産み、お部屋様から側室になるコース。もう一つはキャリア官僚として、御年寄まで上り詰めていくコース。

閣下 篤姫の養育係で知られる幾島とかが、その御年寄だね。

中野 番組で、女性はそのどちらのコースも選べる「お得な性」だったんじゃないか、という話になりました。むしろ現代女性のほうが、選択肢は狭いのかもしれない。

閣下 なぜ狭いと感じるの？

中野 現代では、女性が社会的なステータスを求めると、「負け組」のように扱われることが多い。社会的には成功しているかもしれないけれど、結婚せず、子どもを産まないのは、「女性として」負け組みたいに。江戸時代であれば、たとえ身分が低い家の出でも、大奥でキャリアを積んで地元に帰れば、読み書きを教える先生になったりして、尊敬されたわけです。

閣下 選択肢が増えた分、女性にとっては窮屈な世の中になったということか。ところでお二人が中学を卒業する頃は、将来何になろうとしていたの？

中野 私は研究者です。

閣下 もうその時期に。

中野 まだ「脳」と具体的に決めてはいなくて、人間に関する研究をやりたいと思っていました。

閣下 ミッちゃんは？

清水 高校の時は料理関係に行きたかったなあ。中学の卒業文集には「ラジオの仕事がしたい」とも書いてあった。

閣下 じゃあ、夢の半分くらいは叶えられたわけだ。やっぱり、子どもの頃に夢を持つって大事だね。

中野 悪魔でも、夢は大事なんですね。（笑）

自分の「欠落」を自覚して生きる

清水 昨年、中野さんが出版した『ヒトは「いじめ」をやめられない』は、タイトルからして刺激的というか。中を読まずに怒った人もいたんじゃないの？

中野 人が善意で、「あの人はけしからん」「この振る舞いはいかがなものか」と他人を排除

清水　していくことの怖さを書いたのですが、こういう「正義中毒」の方からすると……。

閣下　ピー、ホイッスル。でも「正義中毒」って、うまい言い方だね。(笑)

中野　つまり、「ヒトは正義中毒をやめられない」ってことか。

本当にそうなんですよ。自分の中に「これこそが正しい」と思えるものができると、その正義感に基づいて、いくらでも他人を攻撃できてしまうものなんです、人間は。

清水　最近はＳＮＳによって、ますます攻撃しやすい環境が整ってしまった。

中野　同じ意見を持つ人を見つけやすくなった、ということもあるでしょう。「やっぱりあいつのこと叩いてもいいよね」と、モヤモヤを抱えている人間同士がつながりやすくなった。

閣下　だからトランプみたいな大統領が生まれる。

中野　たとえば「メキシコ人は悪だ」と考える同志が瞬く間に集まって、拡散を繰り返した。

閣下　あの大統領選、出口調査ではヒラリーが優勢だったのに、いざ蓋を開けたらまったく違う結果になった。要するに、出口調査での答えと実際の投票行動が異なる人間が、相当数いたということになる。

中野　さすがに、公然と「トランプに投票しました」とは言えない。

清水　でも、自分が特定されない投票所で本音が出たわけだ。

中野　こういう結果を匿名性の効果、「ルシファー・エフェクト」と言うんですよ。ルシファーは悪魔のことですから、つまり「悪魔効果」。

閣下 ふふふふ、人間どもも悪魔の怖さがわかっているではないか（笑）。でも、珍しい現象ではないよね。相撲協会の理事選だって、マスメディアの予想を大幅に裏切る結果になっていたわけだし。こういうことってよくあるんじゃないのかな。

中野 面白い実験があるんですけど、『婦人公論』で大丈夫かなあ。女性の胸のサイズを……。

閣下 『公論』だからねぇ……。とりあえず続けてくれたまえ。（笑）

中野 男性に「あなたは何カップの胸が好きですか」とアンケートをとると、多くの男性が「Cカップ」と書くのです。ところが、今度はAカップからEカップまでの胸の写真を置いて、彼らにアイトラッカーをつけて視線を追跡したり、MRIで脳を覗いたりすると、最も大きく反応するのはEカップだった。

閣下 わははは。こんなことがらでも「悪魔効果」が！

中野 無記名なのに、なぜか「Eカップ」とは書かないんですよ。

清水 かなり恥ずかしいね、その嘘は。そんなどっちでもいいところでも、嘘をついたり見栄を張ったりしてしまうんだ。

中野 まして政治的な話題になれば、周囲の様子を見ながら、微調整しつつ発言しているのが容易に想像できるわけです。

閣下 そして匿名になったとたん、ヘイトスピーチや女性蔑視を始めたり、裏サイトで悪意のある発言をしたり。しかも、それが正義だと思いこんでいる。

中野 人間は、そのくらいコントロールが利かない存在。まずは、それを一人ひとりが認識することが大事だと思います。

清水 あえて言えば、自分は大丈夫だと思わないことだね。

中野 そう。人間について日々研究している立場としては、「自分はどこか欠落しているんじゃないか」と不安に思っている人としか、私は付き合いたくないです。

清水 正義中毒にならないためにも、客観性は身につけときたいですね。

閣下 今日は人間界がますます悪魔の征服に染まっていっていることがよくわかった。……たまには人間を癒やすような歌でも歌ってやることにするか。

清水 よっ、人情悪魔！（笑）

私たちにも未来はある

青木さやか

山口もえ

あおき　さやか

タレント。1973年愛知県生まれ。フリーアナウンサーを経て、お笑い芸人の道へ。女優としても、舞台、ドラマに数多く出演。その他、朝の情報番組のコーナーMC・レポーターなどでも幅広く活躍している。

やまぐち　もえ

タレント。1977年東京都生まれ。17歳でデビュー以来、おっとりとしたキャラクターが人気を呼び、テレビを中心に活躍する。2017年、次女を出産して、3児の母に。子育ての一方で、野菜ソムリエプロの資格を取得するなど活動の幅を広げている。

（『婦人公論』2018年6月26日号掲載）

結婚生活の山坂を経て、新たな道を歩むお二人。結婚して30数年の清水ミチコセンパイの意見に耳を傾けながら――。今回は、ママたちの夜の女子会！

カニに夢中になった〝パリコレ〟の夜

清水　もえちゃんと最初に知り合ったのは、いつ頃だっけ？

山口　仲良くなったのは、中尾彬さんとミチコさんがやっていた番組のロケに、何回か呼んでいただいたのがきっかけです。

清水　ああ、いろんなレストランの賄い飯を、厨房から紹介する番組だね。うちに遊びに来た時は、もえちゃんに最初の子どもが生まれたばかりで、床に寝かせてた覚えが。あの子は今、何歳？

山口　10歳になりました。ということは、もう10年前なんですね。

清水　早いよねえ。この人（青木さん）はこう見えて、人が大勢いるところがダメだから、家に呼ぶ時はまず確認が必要なの。

青木　すみません。本当に大人数が苦手で。ミチコさんに声をかけていただく時には、まず人数をうかがってから、恐る恐る顔を出すんです。

清水　それはぜんぜんいいけど、大勢が参加する舞台の仕事とか、大変じゃない。

青木　まあ、そこは仕事と割り切ってますから。

山口　青木さんって、パッと見は神経が太そうなんですけど……。

清水　こらこら、言葉を選びなさい。(笑)

青木　あははは。

山口　太そうって感じると思うんです、みんな。でも実際は逆ですよね。青木さんはどちらかというと繊細で、私のほうが図太いと思います。

青木　図太いというか、おっとりしてるけど、芯が強い。

清水　そうだね。そういえば、前に「本当は悪い山口もえ」っていうネタを私がやっていたことがあって。「某未解決事件は、全部もえがやりました」って警察に独白するんだけど、喋り方がこんなだから、緊張感が出ないという。

山口　うふふふ。

清水　ライブにも来てくれたんだよね。そのネタを見て怒るどころか、「私が観にきたから、わざわざやってくれたんだ」と思っていたんだって。(笑)

山口　すごく楽しかったです。でも、あの時は特別バージョンだったんでしょ？

清水　違う、違う。サービスしてない。

山口 あ、そうなんですか。

青木 あははは。やっぱり図太いのかな？

山口 青木さんとは、番組のロケでパリに行って、一緒にカニ食べたの覚えてますか？　あれも10年以上前だと思いますよ。

青木 ごめん、覚えてない。

山口 青木さんがパリコレに出るっていうドッキリで、ダイエットをして、ブランドの服や靴も揃えて……。

青木 『ロンドンハーツ』だね。

山口 でも、せっかくパリに行ったのに、私は騙す側だからずっとホテルで待機させられて。あんまり楽しくなかったんですよ。

青木 私だって、楽しくなんかなかったよ！

山口 で、ようやくドッキリが終わってからみんなでごはんを食べに行って。その時、カニが出てきたんです。隣で見ていたら、青木さんは甲羅をバリバリはがして、「こんなカニ、食べたことないよね」って言いながら、ムシャムシャおいしそうに。

青木 もうダイエットの必要はないし、騙されて悔しいし。（笑）

清水 でも、カニの身のついてないパサパサしたところがあるじゃないですか。青木さんは、そこにかじりついて、「おいしい」って。「あ、そこは普通食べないのにな」と思って、見てました。

山口

青木 教えてくれなかったんだね。

清水 しかも今になって、雑誌の鼎談で言うんだね。

青木 「本当に悪い」んじゃないのかなあ、もえちゃん。（笑）

いろいろ諦めないと夫婦は続かない

清水 もえちゃんは、爆笑問題の田中（裕二）くんと結婚して、もうすぐ3年になるのね。夫婦喧嘩はしない？

山口 ぜんぜんしないです。

青木 そうなの。いいねえ。

山口 文句を言うのは、いつも私のほう。

清水 どんな文句があるの？

山口 ゴミ出しをお願いして、「わかった」って言ったのに、帰ってくるとそのままだったり。

清水 そんな程度じゃあ、普通は喧嘩になりようがないね。

青木 はい……。

山口 でも、わざわざ玄関のど真ん中に置いてるのに忘れるんですよ、うちの人。重症ですよね。

清水　毎日忙しいから。

青木　そうそう。考えることが多くて、ゴミの袋なんか目に入らないんじゃないの？

山口　みんな優しいんですね。

清水　だって、私生活でもえちゃん、仕事では太田（光）くんで、ずっとツッコミの生涯なんだよ、彼は！

青木　ミチコさんの結婚生活は何年になるんですか？

清水　32年目。

青木　30年も夫婦でいるって、どんな感覚なのかなあ。

清水　子どもがいるから、パートナーというより、家族っていうほうがしっくりくる。

山口　離婚の危機みたいなことはありましたか？

清水　そこまでのピンチはないけど、いろいろあるよ。夜中に夫が一人、幸せそうにテレビを見てる姿とか目にすると、「この人は、私がいないほうが幸せだったのかな」と思うこともあるし。でも、お互いに諦めが早いのね、うちは。

山口　喧嘩する前に、諦めるんだ。

清水　そう。諦めるって案外、夫婦関係を長持ちさせるコツかもしれない。相手に注意して面倒な思いをするくらいなら、自分でやったほうが早いっていう。諦めは信頼と紙一重。もえちゃんちの家事は？

山口　私が一人でやってます。

清水 それも意外。田中くんはきちっとしてそうだけど。

山口 料理が一切駄目な人なので、私がやってますよ。時々、私の部屋のほうが散らかってると言われますけど。

清水 あ、部屋は別々なんだね。

山口 はい。

清水 うちもそう。結婚してもそれぞれの居場所、寝場所を持ったほうがいいというのは、親からの言葉。

山口 ミチコさんご夫婦は、役割分担を決めているんですか？

清水 ちっちゃなことは私が決めて、大きなことは夫に任せる。

青木 じゃあ、部屋のインテリアはミチコさんが決めて、家の設計は旦那さんとか。

清水 自宅の設計は二人で考えたよ。でも、後悔してるところもたくさんある。

山口 ええー、あんなに素敵なおうちなのに？

清水 たとえば屋上。私は絶対にほしくて業者に相談したら、「奥さん、屋上なんて年に二度、上るかどうかですよ」って言うの。「この人、私の性格をぜんぜんわかってないな」と思ったんだけど、いま振り返ると、本当に年に一回も上っていない。業者より自分を疑うべきだった。

山口 あははは。

青木 やっちゃいましたね。

清水　そうそう空を見上げる人間じゃないこともわかりました。

離婚で負った傷はいつしか薄れて

青木　結婚してた頃を思い出すと、私のほうから夫に要求することがすごく多かった気がします。出張の多い人だったけど、できるだけ一緒にいたかったし。
清水　彼と別れてから何年経つんだっけ？
青木　6年ほどになります。
山口　青木さんは、離婚されてから、すごく羽ばたいているなあって感じがします。
清水　輝く、じゃなくて「羽ばたいている」なの？
山口　そう。子育てをしながら、女優の仕事では、舞台の上で目いっぱいやりたいことを実現させているなっていうイメージ。
青木　どうもありがとう（笑）。嬉しい。ただ、自分でもなぜだかよくわかんないんだけど、男性を支えたいとか、世話をしたいという気持ちが、今すごく強いんですよ、私。そういう人がいないから、植物の世話をしてるんですけど。今は再婚希望ありますね。
清水　もう結婚はこりごり、じゃないんだ。
青木　傷つけたし傷ついたし、離婚して何年かは、そう思ってました。でも今はぜんぜんオッケーです。

山口　私も同じです。離婚した時は、また恋愛するなんて思ってもみなかったんですよ。とにかく子どもたちを育てていかなくちゃということで、頭がいっぱいで。（青木さんを見ながら）でも、ちゃんと出会いましたよ。（笑）

清水　あ、ちょっと上から目線。

青木　田中さんを「運命の人だ」って思ったの？

山口　最初はぜんぜん恋愛じゃなかったです。安めぐみさんと東（貴博）さんの結婚式の二次会で久しぶりに再会して、「もえちゃん、最近どうよ？」って声をかけられて。

青木　ふむふむ。

山口　「時には息抜きしたほうがいいよ」って言うので、後日子どもを連れて、一緒に食事に行ったんですね。そうしたら、子どもが走り回るわ、「帰りたい」と言い出すわで、デザートも食べずにお開きになっちゃって。で、帰ってから、彼をウィキペディアで調べたら……。

青木　ちょっと待って。ウィキペディアで調べたの？

清水　さすが山口もえ（笑）。あれは大勢の人が書き込むことでつくられているページなんだよ。

山口　確かに私のところも、間違ったことが書かれてました。

青木　それなのに、使ったのね。まあ、もえちゃんも彼のことが気になったってことだ。

山口　そこに「スイーツ好き」って書いてあったんですよ。なのに、デザートも食べられなくて悪かったなあと思って、「今日は、スイーツ抜きになってしまってごめんなさい」ってメールしたら、そこからなぜか毎日メールがくるようになったんです。

清水　「なぜか」って（笑）。なぜだと思う？

青木　なぜでしょうねー、先輩！

山口　その時まで孤独というか、ずっと子育てと仕事しかなくて。異性の方からメールをもらったのが、すごく心の支えになったんだと思います。だから、ちゃんと出会いますよ。（笑）

青木　それは、もえちゃんがかわいいから、出会うんだよ。

清水　青木さんは、出会いの場とかないの？

青木　私は週に1日、元夫に子どもを預けているので、その日だけは完全フリー。夜はバーに行ったりしますから、男性と知り合うことはあります。

山口　じゃあ、その週1に懸けるべきです。何がどうなるか、わからないんだから。

青木　貴重なアドバイスをありがとう、先輩！

胸に刺さるわが子の批評

清水　青木さんのところは、離婚後もいい関係を続けているよね。元夫は今でもちゃんと子どもの面倒をみてくれるし、この前、青木さんと共演した番組の楽屋に挨拶に行ったら、彼も来てたし。離婚すると、相手の顔を二度と見たくないっていうパターンも多いのに。

青木 子どものことがあるから、徐々に関係を修復していきました。「いつも娘の面倒をみてくれてありがとう」なんてメールしたり、家にいる時の子どもの写真を送ったりして。２駅離れたところに住んでるんです。ちょうどいい距離感ですよ、２駅。

山口 元の鞘に収まるっていうのはないんですか？

青木 あ、それはない。修復したのは、あくまでも子育ての同志としての関係。ところが、そんなふうにしていたら、ある時彼のほうから「俺、戻る気はないからね」ってメールがきたの（笑）。「当たり前でしょ。こっちのセリフ！」と思って。なんか、好きでもない人にフラれた感じがして、すごい腹が立ったなあ、あれには。

清水 イケメンなのに、ユニークな人だよね。海外生活が長かったからかな。

青木 確かに裏表はまったくない。私は今８歳の娘に対して、平日の夜は９時までに寝かせたいとか、居酒屋にはできるだけ連れて行きたくないとか、いろいろあるんですけど、彼に預けた日はそうもいかない。でもおかげで、娘は父親といるほうが楽しいみたいだし、のびのび育っていくのかな、と思えるようになりました。まあ、一生仲良くしていきたいと思います。

清水 わ、いいひとこと。この記事の見出しにしようか？

青木 お願いだから、やめてくださいね。

山口　お嬢さんは、お母さんの仕事について、何か言うことはありますか？

青木　私、怒ったりする役が多いでしょう。この前、綾瀬はるかちゃんと絡むシーンがあったんですが、当然私が悪役なわけです。娘としては、「どうして、ママはかわいいのに、はるかちゃんの役をやらないの？」と思うらしいです。

清水　ああそうか。家にいるママは、あんなに悪者じゃないのにってね。かわいい！

青木　学芸会の時、子どもは好きな役を取り合えるでしょう。あの感覚なんだと思います。

清水　私、舞台で青木さんが出てくると、すごく安心するの。まず、出てくるだけでおかしい。お客さんの顔が笑ってるの、見えてる？

青木　自分ではまったくわからないんですが、確かに三谷（幸喜）さんからも言われます。

清水　それからしっかり声が通る、聞き取れることが、こんなにも大切で親切なことなんだって毎回思うもの。「ん？　今なんて言った？」って思ってしまうベテランもいたりするのに。

青木　ありがとうございます。まあ、声が通るだけなんですけど。

山口　それも才能だと思います。私なんか、お店で「すいませーん」って店員さんを呼んでも、ぜんぜん来てくれないんですよ。かわりに娘が呼んでくれます。

青木　もえちゃんが明瞭に喋ったら、もえちゃんじゃなくなっちゃうから、いいの。（笑）

山口　ママの姿を見て、「私もお芝居をやりたい」って言わないですか？

青木　舞台を観には来るけど、やりたいとは言いませんね。うちにテレビカメラが入った時、

清水　「顔は映らない」と言っても、出るのを嫌がって。人前で何かするのは、苦手みたい。

山口　そうなんだ。でも子どもからの指摘って、けっこうグサッとくるよね。

清水　きます。私の場合、クイズ番組で答えられなくて、「ママ、なんでわからなかったの?」と言われた時。

青木　昔、番組のアンケートで、「将来の夢は?」とあって。何を書こうか迷っていたら、まだ小さかった娘に、「ママ、まだ将来があるの?」って真顔で言われた(笑)。確かに子どもから見たら、「もうそろそろアガリだろう」と思うんだろうね。

清水　私もすごいおばさんだと思われていることが、娘の言葉の端々からわかります。「違うよ」って言いきれないところが、悲しいですね。

先輩風を吹かさない〝先輩〟に

清水　もえちゃんは、スカウトされて芸能界に入ったんだよね?

山口　正確には、高校生の時、ダンス教室と間違えて芸能事務所に行ったのがきっかけなんですよ。マツモトキヨシのCMで、「マミちゃん」をやったのが21歳。

清水　今いくつになったの?

山口　41です。

清水　二人とも、この世界ではベテラン枠か。

青木 あっという間に後輩が増えた感じはしています。私は毒舌の芸風そのままに、怖い人と見られやすくて、以前は「今日は、ちょっと失礼なことを言わせていただきます」と挨拶されることが多かった。でも今は、そんな芸風すら知らない世代と一緒になるので、それこそ、たまに見かけるおばさんと思われてる。

清水 そのうちに、「母がファンなんです」って言われることが増えてくるよ。(笑)

山口 昔、映画で母親役をやった時に子どもを演じた子が、その後、ももクロちゃんになったんですよ。今年、〝卒業〟した有安杏果さん。

清水 へえ、そうなんだ。

山口 この前再会したんですけど、〝私の子〟がこんなに大きくなったんだ、それだけ私自身も歳を重ねたのねって、あらためて思いました。

清水 でも、もえちゃんも絶対に先輩風吹かしたりしないよね。

山口 ミチコさんこそ。大先輩なのに、なんでもないメールを送れるのはミチコさんだけですよ。

青木 そうだよね。私たちって、『夢で逢えたら』をずっと見ていた世代で、本当に「ははー」ってひれ伏すくらいの先輩なのに、こんなにフランクに話ができる。そもそも先輩っていう感じがまったくしないんですね。

清水 ナメられてるのかな。(笑)

青木 いや、慕われてると思ってください。逆に、自分にそういう後輩がいるかっていうと、難しい。

清水 確かに、堅苦しい敬語を使われたりしないほうが、私は嬉しいかも。「お前さあ」って上からこられたら、イラッとするかもしれないけど。（笑）

山口 最近、夫も「一緒にミチコさんのライブに行きたい」って、しょっちゅう言うんです。一人で大勢を魅了する芸って、すごいなって思います。ミチコさんの頭をカチ割ってみたい。

青木 普通は、覗いてみたいって言うんじゃない？

山口 時間を作って夫婦で観に行って、目の前で「ブラックもえ」をやってもらうのが夢です。

青木 それは、私も観てみたい！

清水 じゃあ頑張って新ネタ作らないと。これからも、誰に何を言われようが、自分の個性を明るく育てていきましょう！

音楽と神様

名越康文

鏡リュウジ

かがみ　りゅうじ

占星術研究家。1968年京都府生まれ。平安女学院大学客員教授、京都文教大学客員教授。心理学的なアプローチによる占星術で抜群の人気を誇り、テレビや雑誌などで幅広く活躍する。『占星術の文化誌』『タロットの秘密』などの著書のほか、「魔法の杖」シリーズ、『ユングと占星術』など訳書も多数。

なこし　やすふみ

精神科医。1960年奈良県生まれ。相愛大学、高野山大学客員教授。大阪府立中宮病院に勤務し、精神科救急病棟の設立を経て退職。独立後は臨床に携わりながら、テレビ番組のコメンテーターとしても活躍する。『自分を支える心の技法』『「ひとりぼっち」こそが最強の生存戦略である』など著書多数。

（『婦人公論』2018年7月24日号掲載）

精神医学や心理学、占いに興味を抱いてきた清水さん。
熱くも冷静なお二人の分析を前に、
目に見えない運命的な繋がりも感じられて——

葛藤とともに生きてきた

清水　お二人は、もう旧知の仲なんですね。

名越　10年くらい前、あるバラエティ番組で、ゲストの芸能人の行動を精神科医として分析する、という企画をやっていました。その役回りを次の方に交代したあと、どうなったのかなと見てみたら、鏡さんが出ていた。

鏡　そう。精神分析の後釜は、占いに。

名越　鏡さんは占星術のプロなのに、「あ、当たりました。占いって意外に当たるんですよね」なんて言っていたのが、すごく印象に残ってる。（笑）

清水　でも、何か大きな決断をする時にはご自身のことを占ったりするでしょう。

鏡　いえ、それはぜんぜん。

清水 えー、せっかくの能力を自分のために使わないなんて!

名越 あくまで占いは、研究対象っていうことなのかなあ。

鏡 うーん。実は占いそのものに、あまり興味がないのかもしれません。

名越 この人、こんなことばかり言うんですよ(笑)。家で水晶玉を覗き込んでるような経歴にもかかわらず、自分のやっていることにごっつい「批評的」というか。

清水 じゃあ、この世界にはどうやって足を踏み入れたんですか。

鏡 僕は1968年生まれ。日本にいわゆるオカルトブームが到来した70年代半ばに、少年期を過ごしているんです。ユリ・ゲラーが来日したり、映画『エクソシスト』や『オーメン』が公開されたり。

清水 『ノストラダムスの大予言』もその頃でしたね。

鏡 そうした流れの中でタロットカードに出合い、徐々に〝怪しい世界〟にハマっていったわけです。高校生の時、占い専門誌に出題される占星術の問題を解いては、せっせと葉書を送っていたら、編集部から電話がかかってきて、「星占いのコーナーを担当しませんか」と声をかけていただいた。

清水 すごいじゃないですか。

名越 そう。その世界では有名な天才少年ですよ。

鏡 ところが、だんだん気になっていく。これは迷信なのではないか、と。そうなると、今度は「占い好きの自分がイヤだ」という感覚にとらわれるようになって。

清水　ああ、思春期ってイタズラに揺れるからね。

鏡　この「イヤだけどやめられない」という矛盾を抱え、悩んでいる時に出合ったのが、心理学者のユングでした。占いやオカルトにも造詣が深い、歴史上の著名人を後ろ盾にすれば、周囲への「言い訳」になるのではないか。それでユング派心理学の研究のために大学院に進み、修士論文も書きました。

名越　言い訳にするどころか、鏡さんはユングに関する研究書を、何冊も翻訳した専門家ですから。

清水　名越さんは、雑誌に載っている占いを読んだりする？

名越　僕は48歳の時、人生はいいことも悪いこともすべて修行なのだと思ったの。それからは、占いを逐一気にするのはやめました。

清水　何があったんですか？

名越　38歳で、13年間勤めた病院を辞めて、フリーで活動するようになったんです。すると、がぜん「生きる指標」のようなものを求められるようになって。特に、僕のように児童・思春期を専門にしていると、「お母さんは何のために生きてるの？」という子ども世代特有の残酷な問いかけにうろたえる親御さんを、目の当たりにしたりするわけです。

鏡　子どもは容赦ないから。

名越　そんな人たちを、どうフォローしていけばいいのか。精神医学はもとより、心理学などにも領域を広げて自分なりに勉強したのだけれど、どこにもその答えは書いてない。そんな葛藤が10年続いて、もうこれは本格的に「越境」しよう、道を外すしかないと考えた。それで、学生時代にかじっていた仏教と再度向き合い、空海の研究なんかを始めたわけです。

鏡　名越さんは、本当に真言密教の修行をなさっていますから。

清水　仏教の扉を叩いたのには、そういうきっかけがあったんですね。

名越　今もお行やお護摩に頻繁に行っていますが、世間は僕を精神科医という枠で捉えているでしょう。別に隠しているつもりはないのだけど、そういう面はあまり知られていないのかもしれません。

日常生活に入り込んだ宗教心

清水　日本人って不思議ですよね。特定の宗教を信じている人は少ないのに、スピリチュアルな世界は、大好きという。

名越　一つの神様をことさら信仰していなくても、日常生活に入り込んじゃっているのが、日本の宗教性だと感じますね。たとえば、「いただきます」って誰に対して言っているのか。

鏡　「おかげさまで」とか。

清水 慣用句にまで、その精神が表れている。

名越 言葉ではっきり説明できないけれども、確かな「思い」が込められているわけです。浄土真宗の僧侶、釈徹宗先生がラジオ番組に出た時、MCを務める伊集院光さんと、こんなやり取りがあったそうです。「僕はぜんぜん宗教心がない人間で」と言う伊集院さんに、釈先生が「でも、不合理な習慣やタブー的なことはあるんじゃないですか。何だか理屈はよくわからないけど、どうしてもできない、みたいな」と。すると勘のいい伊集院さんがハッとして、「そういえば、土足でおにぎりを踏め、と言われても絶対にできないと思います」……といった内容でした。

清水 それも立派な宗教性というわけですね。

鏡 日本の携帯サイトで占いの監修をやっているイギリス人を、東京の湯島天神に連れて行ったことがあります。おみくじを引いているビジネスマンを見て、「彼らは、サイトの占いとおみくじの、どちらを信用するの?」と僕に聞いてきた。神様から直接もらうおみくじは特別なものだから、サイトの占いより重く受け止めるのではないか、と。まあ、どっちもどっちかな、とは言いづらく、説明に苦労しました。

清水 その気軽な取り入れ方が、日本人のいいところ、という気もしますよね。

名越 そういえば、「SNSによって、スピリチュアルの世界がついに現実になった」という話を、鏡さんとしたことがあります。書き込まれたことにビビッとくる人が、時間も空間も超えて、群がっていくわけでしょう。

鏡　同じレーダーを持った顔も見えない人間が集まって、盛り上がって天国を作ったり、誰かを地獄に落としたり。インターネットが出てきた時に、昔の人が想像していた霊的世界がついに実現した、と直感的に思いました。まあ、幸か不幸か、僕に霊界は見えないのですが。

名越　鏡さんの場合、そういうエクスキューズを入れておかないと、「見える人」だと思われちゃうからね。(笑)

人はなぜ歌で泣くのか

清水　名越さんは、シンガーソングライターとしても活動なさっていますよね。歌の分野に行かれたのは、やっぱり何か感じるものがあったのですか。

名越　今日、どうしてもお話ししたかったことの一つが、それなんですよ。実は、歌のすごさというものをまざまざと見せつけられたのが、ほかならぬ、清水さんの年末ライブでした。大阪の会場に観に行って。

清水　えー、ありがとうございます。

名越　ラストで、忌野清志郎さんと矢野顕子さんのデュエットを、一人でやられた。矢野さんは事前に扮してビデオ映像で、自らはその場で清志郎さんに扮して。

清水　「ひとつだけ」ですね。

名越 うわ、すごいと思ってまわりを見たら、大阪人が全員号泣している。

清水 本当に？（笑）

名越 そこには清志郎も矢野顕子もいない。実際には清水ミチコ一人しかいない舞台に、みんなが泣いてる。もちろん僕も、ナイアガラの滝みたいに涙流して。（笑）

鏡 僕は、清水さんのSEKAI NO OWARIが「ウサギとカメ」を歌ったら、というネタに、死ぬかと思うほど笑ったのですが、号泣させることもできるんですね。

名越 逆に言えば、当人たちが歌っていたら号泣はしない。あれも一種の宗教性なんです。二人がその場にいないから、みんながそれぞれの思い出の中に入って、人目も憚らず泣く。それを目の当たりにして、音楽ってすごい力を持っているんだなって思い知らされた。いくら言葉を尽くしても、何度講演しても、あのメタモルフォーゼ（変化）は起こりようがない。そのまま東京に向かう新幹線の中で考えていたら、急に詞とメロディーがすっとおりてきた。それが「月の下で」というはじめてつくった曲です。

鏡 うわ、すごいですね。

名越 ヨイショも何もしてませんよ。全部ほんとのこと。

清水 私が、ミュージシャン・名越康文に影響を与えていたとは、知らなかった。不思議な縁ですね。

鏡 名越さんが先ほど「宗教性」とおっしゃいましたけど、宗教と歌は切っても切れないもの。そもそも西洋の音楽は、教会から始まっていますし。

名越　箴言《しんげん》（戒めの言葉）がおりてきた人も、歌で伝えたはず。

鏡　おみくじも、神がかった巫女《みこ》がトランス状態になって、和歌にしたためたものがはじまりです。

清水　へえ、そうなんですか。

鏡　専門の分野に寄せて話をすると、占星術も音楽そのもので、古代ギリシャ時代は「天球の音楽」といって、星が回転するごとに音楽が生まれる、と考えられていました。それも３種類あって、一つは耳に聞こえる音楽。二つには、心に響く音楽。清水さんの歌で泣くほど感動したのは、ただ聞こえるだけではなく、自分たちの内側にある音楽が共鳴したからです。

清水　三つめは？

鏡　一番レベルが高いもので、これはもう耳には聞こえなくて、天空界で鳴り響いている。ちなみに、天体の運動法則を解明したヨハネス・ケプラーをはじめ昔の天文学者の多くが、音楽理論家でした。ざっくり言うと、惑星軌道は数学的な比率で決まっていて、それが音階になるはずだと。

名越　僕は中学生の頃から、音楽に携わる人への強い憧憬がありました。精神医学とか心理学とかをやりながら、結局いま音楽にたどり着いたのは、音楽が人間に与える影響力の桁違いの大きさに、引き寄せられたというか……。還暦を前にして、ようやくそんな境地になりました。

もう「本社ビル」はいらない

清水 突然現世の話になりますが、6月に米朝首脳会談が行われましたよね。お二人は日本の未来を気にしたりはしないのですか。

名越 率直に言って、「変わらない世の中が続く」という発想はやめて、「動きの中に真実がある」くらいの心構えをしておかないと、危ないと思いますね。実生活でも、常に筏を乗りこなしているような状態になるのではないかと。

鏡 僕みたいにフリーランスに慣れている人間はいいけれど、サラリーマンをはじめ、組織に所属している方は大変でしょうね。

名越 「次のボーナスはいくらかな」と言っていられる時代は終わったと思わないと。僕、この前ラジオで「本社ビルはもういらない」と言ったんですよ。朝の山手線、あれこそ阿鼻叫喚です（笑）。月に1、2回乗りますけど、気が遠くなる。

清水 精神医学的に、相当悪いですか。

名越 まず、他人を思いっきり憎むでしょ。「このおっさん、ニンニク臭い」とか「オレの顔にリュックを当てるな」とか。極端に言い過ぎかもしれませんが、他人を憎悪するトレーニングをしているようなものです。会社に着く頃には、まだ仕事もしてないのにエネルギーの大半を使い果たしている。思い切って、社屋は都心の本社ビルではなく、移動式のテントにしたらいい。木下大サーカスみたいに。

鏡　まるで遊牧民ですね。

名越　大きな会議なんかは「今回は福島で」とか、「真夏日だから長野にしよう」とかね。

鏡　地方の寂れ方を思うと、会社の機能を分散させるのはいいかもしれませんね。

名越　夏休みも、社員に都心を離れることを推奨する。「東京から500キロ以上離れたら、評価」みたいに。大袈裟に聞こえるかもしれませんが、そうやって自然の中でリフレッシュしていたら、個人的にはうつ病の発症率の改善に貢献すると思う。土の上でころげ回って育った子どもだって、いろいろな意味で強くなると思うんです。

清水　「変化の時代」なのだから、そのくらいの発想の転換があっていいですよね。

鏡　僕らが若い頃、アメリカの未来学者アルビン・トフラーが「第三の波」というのを提唱しました。要するに、やがてくる情報革命によって、みんな在宅勤務で事足りるようになると。予言通り、これだけインターネットが発達して、それは十分可能になっているはずなのに、実際にはいまだギューギュー、満員電車に押し込められている。この現実は、真剣に考え直してみる必要があるように思います。

面白いからこそ無理ができる

清水　鏡さんは、もう高校生ぐらいから雑誌の仕事をしていたわけですよね。当時、働いて

鏡　いるという感覚はありましたか。
名越　いえ、まったく。ただいろいろなことが楽しくて、ここまできた感じです。
鏡　ということは、今も働いてる感覚は……。
名越　あんまりないかも。(笑)
清水　一緒や、一緒。
名越　私も一緒かも。(笑)
鏡　僕は、救急病棟で働いてる時から、ウルトラマンの「科学特捜隊本部」にいる、というテンションだった。
名越　あははは。でも、地球を守らないといけないから、真剣ですよね。
鏡　今、「働き方改革」が議論されてますけど、僕らの世代には「しんどいことをやらなければ、お金はもらえない」というのが染みついてる。ただ、「しんどいことは、面白くないとできない」というのもまた真実で。
清水　大学院に進んだ当初は、研究者になるつもりでした。でも、脇で占星術をやっているのが途中で大学にバレて、半ばクビになったんですよ、僕。
鏡　えっ、本当ですか?
名越　まあ、それでも無理して研究者の道を選ぶこともできたのだけど、1回休憩してもいいかなと。
それで、フリーで占星術を極めるっていう、「テント人生」のほうを選んだ。(笑)

鏡　楽そうなほうを選んだだけですけどね。ただ、その時にはさすがに京都の母に電話をしました。

名越　彼のお母さんは、日本で初めて着付け学校を開校した、服部和子さんです。

鏡　「こんなことになって、すみません」と言ったら、「ああよかった。稼げない学者になったら、私が一生働かなあかんと思ってた」って。

清水　うわー、いいお母さんじゃないですか。かっこいい言葉！

名越　最高ですよね。この母にして、この子あり。（笑）

清水　でもみんながみんな、鏡さんのお母さんのように理想的な親ばかりじゃないですよね。さまざまな親と向き合ってきて、名越さんが気になっていることはありませんか。

名越　僕が精神科医になってしばらくした頃から、虫を嫌悪するお母さんが増えてきたんです。触れないどころか、逃げるでしょう。これはやばい、と思っていました。虫を怖がるというのは、外界、自然を怖がるということですよね。自然が自分を侵害してるって。これはもう、神経症の温床です。子どもにもいいはずがない。子どもこそ自然の中で虫と戯れるべきなのに、親がそれでは話になりません。

鏡　「自然大好き」なんて公言する大人が、いざ温泉に行って虫が飛んできた途端、クレームをつける。

清水　自然に文句をつけるって、考えてみるとすごい話ですね。

名越　だから、まず親の世代を自然に対して脱感作《だつかんさ》（過敏性を取り除く療法）していかないと。

清水 もしかすると、今が最後のチャンスなのかもしれません。

鏡 鏡さん、トフラーが提唱したみたいに、日本の未来は占えませんか？

清水 いやいや（笑）。ただ、僕は清水さんのライブに行って、ここにこれだけの人がいる間は大丈夫だな、と感じました。

鏡 どうして？

清水 ネット上では、ものすごく先鋭的なけなし合いが目立って、暗澹《あんたん》たる気持ちになることもあるけれど、あの会場には、自分のことを客観視できる人たちがちゃんといる。清水さんの芸って、自分のことをちょっと引いて見られる人じゃないと……。

名越 わかる。あの毒に耐えきれない。（笑）

鏡 そう。つまり、アートを楽しめる人たちだと思うんですよ。清水ミチコの武道館ライブが満杯のうちは、日本は心配ないと思いますよ。

清水 気がついたら、すごい使命を担わされた気分。（笑）

おとなが「本気」になる時

東京・北参道にある「ミグノンプラン」。ペットのためのサロンや病院、ホテルなどを運営しながら、保護動物のためのシェルターも併設した施設。

あさだ　みよこ

女優。１９５６年東京都生まれ。73年にドラマ『時間ですよ』でデビュー。挿入歌の「赤い風船」が大ヒットする。以後、「釣りバカ日誌」シリーズをはじめとする映画、ドラマ、舞台で幅広く活躍。動物の保護、福祉のためのチャリティー団体「Tier Love」の代表を務める。

ともも り　りょうこ

ランコントレ・ミグノン代表。１９７７年生まれ。動物看護師、トリマーとして動物病院に勤務したのち、ペットサロンを開業。２００７年に動物愛護のための団体「ランコントレ・ミグノン」を立ち上げ、最大で年間３３０頭もの動物を保護してきた。14年に「ミグノンプラン」をオープン。

（『婦人公論』２０１８年8月28日号掲載）

保護動物を里親に紹介する活動をする、友森玲子さん。
浅田美代子さんと清水さんも、保護動物と暮らす仲間たち。
傷ついた動物を目の当たりにしてきた三人が思うことは——

幼いペットに群がる日本人の不思議

清水　三人しっかり揃って顔を合わせるのは、保護動物への理解を広げるためにミグノンが主催している「いぬねこなかまフェス」の時くらいだね。

友森　今年で5回目になりますが、二人ともゲストとしてたびたび出演してくださって。しかも清水さんは、わりとよくここにも遊びにきてくれますよね。

清水　ちょっと癒やされに（笑）。この場所では今、どれくらいの数を預かっているの？

友森　ここにはあまりいないですよ。犬と猫がそれぞれ10数匹くらい。団体全体では、犬が50頭、猫が120匹ぐらいになります。定期的に譲渡会を開いているのですが、引き取る数のほうが多いので、なかなか減らない。

浅田　譲渡する先をみつけるほうが、よほど時間がかかるんだもの。それに今、一番目立っ

友森　ているのは、お年寄りがペットを手放すケース。

清水　保護動物の約6割が、高齢者が手放したペットですね。ペットの世話ができなくなったり、老人ホームに入ったり、亡くなられたり。

友森　子どもや親戚は、引き取りにくいのかあ。

浅田　親の死後、「親の入院費がかかったから、犬の世話までできない」とか、「うちのマンションは、ペット不可なので」と言って手放す人が多いです。人間と同じように、ペットの寿命も着実に延びていますから、高齢ペットの医療費を払いたくない、という人も。

清水　本当に勝手な理由だよね。

友森　日本は、簡単に動物を購入できるところに問題があるとも言われてるよね。アメリカでは、ペットショップでの犬猫の販売を禁止する自治体も出てきたとか。

浅田　販売方法の面でも、日本は確実に遅れていると思います。子犬や子猫が、狭いケージに入れて並べられているでしょう。あの光景に、外国の方は衝撃を受けるみたいです。

友森　日本人は、ケージの前に群れをなして、「わー、かわいいー」なんて言うじゃない。「目と目が合ったから、つい買っちゃったー」みたいな。

浅田　今の、思いっきり「女優」でしたね。無責任な飼い主になりきってた。(笑)

日本に多い傾向だけど、幼い動物を飼いたがるというのは、すごく問題があると思いますね。欧米では、動物は8週齢（生後56〜62日）まで親元から離さない、というルールが厳格に守られています。子は8週かけて母親のお乳から免疫を授かり、やたらに嚙みつかないといった社会性も身につける。

清水 需要があるからって、赤ん坊のうちから親と引き離すのは、残酷な話だよね。

浅田 哺乳瓶でミルクをあげるような時期から飼いたいのだろうけど、そんな時期はほんの一瞬じゃない。成長してから、やたら人を嚙んだり、吠えたりするようになったら、お互いに不幸でしょう。

清水 病気が見つかるケースも、けっこうあるらしいね。

浅田 それは十中八九、乱繁殖が原因。悪質な業者は、近親交配も厭わないんですよ。スコティッシュフォールドっていう今、人気ナンバーワンの猫がいるでしょ。耳が折れているのがかわいいって。でもあれは、骨軟骨異形成症という遺伝性疾患の症状なの。年をとるとものすごく痛いんですって。

清水 じゃあ、安易に繁殖させちゃいけない品種なんだ。

友森 でも売れるから、どんどん繁殖させてる。

清水 そうなんだ。のっけから、ひどい話を聞いてしまった……。

ドイツ流の福祉の心に学ぶ

友森 日本の場合、みんながペットを外飼いにして、生まれた子がバンバン殺処分されていた時代に比べれば、状況が少し改善されたのは確かです。

浅田　昔みたいに、野良犬はあまり見なくなったよね。でも悪徳な繁殖業者が、売れ残った動物を現場で処分することも珍しくないの。それに「引き取り屋」という商売もあって……。

友森　有料で不要になった動物を引き取って、山に放したりするんです。自分で餌を取る術のない彼らは、結局餓死してしまう。以前、河川敷に何十匹もの犬の死骸が捨てられていた、という事件がありましたよね。日本ではペットショップにかわいい動物が並んでいて、年々殺処分の件数も減っていて、表面上はきれいなんだけど、見えないところで、すごく恐ろしいことが行われているのが現状です。

浅田　誤解なきように言っておくと、真面目なブリーダーさんもたくさんいますよ。だから私は「ブリーダー」「繁殖業者」というように呼び分けてる。

友森　保護犬の中にどうしても希望の犬種が見つからなかったご夫婦に、信用のおけるブリーダーさんを紹介したことがあるんです。そしたら、「共働きのご家庭だと、犬が大事な時期を毎日留守番して過ごすことになるので、うちの子犬は渡せない」と断られたと言っていました。人間だって、養子縁組や結婚の際、両家で顔を合わせて納得してからじゃないですか。

浅田　犬の福祉の先進国として知られるドイツを訪ねたことがあるんだけど、ドイツではペットを飼いたくなったら、ブリーダーのところか、ティアハイム（全国に500軒近くある動物保護施設）に行くの。

清水　つまり、ペットショップで買わないんだね。

浅田　そう。ブリーダーさんに、「あなたの犬の子どもがほしい」と予約するわけ。もちろんすぐには手に入らない。生まれるまで、半年くらい待つ必要があるのだけど、日本のように売れ残った動物が処分されることは起こらない。それに、ブリーダーさんが購入希望者を見て、「あなたには譲れない」と拒むこともできるから、飼い主が安易に飼育を放棄することも少ないのです。しかもドイツには、犬を飼うと課税される「犬税」もある。

清水　税金を払ってでも飼いたいならどうぞ、ということなんだ。

浅田　それくらい動物の飼育には責任が伴うわけで、私はとてもいいことだと思ってる。

清水　ミヨちゃんのところには、今、犬が何頭いるんだっけ？

浅田　保護犬が４頭。２００１年に母が亡くなって、引きこもりみたいになった時、当時飼っていた犬が心の支えになってくれて。その恩返しのつもりで、５歳の保護犬を引き取ったのが最初です。

清水　その子は、すぐになついたの？

浅田　ううん。５歳だったし、虐待の跡もあって、時間がかかるだろうと覚悟はしてた。私のいるところではごはんも食べてくれなくて、いつも部屋の隅にばかりいるような子だったし。でも、好きなように過ごしてもらっていたら、ある日、帰宅してドアを開けた時、その子が玄関まで尻尾を振りながらトコトコ迎えにきてくれたんですよ。もう嬉しくて、涙が出た。そこから、本気で動物愛護の活動に携わることにしました。4頭の中には、繁殖業者のところから救ってきた犬もいます。

清水 うちは2匹いる猫のうち、あとからきたほうが保護猫なんだけど、お互い仲が悪くて。

友森 それは自然なことですよ。猫はきょうだいでない限り、基本的に行動を共にしませんから。そういえば清水さんには、すごく印象的な思い出があって。あるイベントでご一緒した時、ロビーにいた保護犬が静かに座っていたんですね。みんなが「いい子だね」「おとなしいね」と褒めるなか、清水さんだけが「あの犬、かわいそうじゃない?」って言った。たくさんの人に囲まれて、緊張のあまり固まっていた表情を見抜くなんて、さすがモノマネのプロの観察眼は違う! あれ以来、私は清水さんに一目置いてる。(笑)

清水 そうなの? 覚えてない(笑)。ありがとう。

浅田 ほかの動物の気持ちも見抜けるの?

清水 そんなワケないだろ!(笑)

身勝手な飼い主たちと闘いながら

友森 うちに保護している動物で変わり種といえば、鶏の鳥男《とりお》でしょうか。一昨年、私が拾ってきたんだけど。

清水 ここで鳥男に初めて会った時は、びっくりした。私はその日に限って、差し入れに鶏の丸焼きを持ってきちゃってて（笑）。鳥男に悪いから、隠れて渡した。彼はすごく頭いいよね。

友森 猫のケージの前に行って、何をするのかと思ったら、顔から垂れた立派なヒダを、猫に触らせるんですよ。ひとしきり遊ばせると次のケージ、次のケージと、一回りして帰ってくる。

清水 聞いたことないじゃない、鳥と猫が遊ぶ光景なんて。

友森 不思議なことに、猫たちも鳥男に爪を立てることは絶対にしないんです。

浅田 ここの猫たちは、見ず知らずの人間に対しても、爪を立てたりしないの。保護動物はなかなかなつかないと思っている方が多いけど、そんなことないんですよ。

友森 動物といると、毎日発見があって面白いです。

清水 と言いつつ、運営上は大変なことも多いんでしょ？

友森 「もう飼えなくなったから、うちのペットを引き取れ」とか、「生活保護を受けているから、餌代を寄付して」とか、身勝手な電話がかかってくることも多いですからね。いい加減な対応はできないので理詰めで返すと、「なに偉そうなこと言ってるんだ！」とキレる人もいて。そのままうちへの苦情を都に持ち込む方もいるそうです。

清水 それは日々、精神的に疲弊するね。友森さん、猫アレルギーをおして頑張ってるのに

友森　……。

友森　私、以前はトリマー兼看護師として働いていたんですけど、勤務先の病院に捨てられていた子猫を拾って飼い出したら、夜中に急に息ができなくなって。そこではじめて、猫アレルギーという診断を受けました。

浅田　よく仕事変えなかったよね。

友森　その時は強い薬を処方してもらいました。今はもっといい薬が出ているので、毎日快適そのものですよ。

清水　快適なんだ（笑）。保護した動物たちも、いろいろな問題を抱えている子が多いよね。

友森　たとえば、さっきからその細長いケージを走り回っている猫たちの中には、近親交配が原因で失明した子が2匹います。でも、すばしっこさとかは、ほかのきょうだいとぜんぜん変わらない。

清水　ほんとだ。言われないと、見えてないなんてわからないよ。

友森　預かった犬の中に、ひどい虐待を受けた子もいました。あまり知られていないけれど、日本には「闇の闘犬」があるんですよ。

清水　え、何それ？

友森　伝統的なものではなく、悪質な賭け事。犬は、日々棒で殴られることで、攻撃性を身につけるんです。その闘犬あがりの犬を、慎重の上に慎重を期して預かったんですが、ある時、洗い物をしていたら、近くにあったモップに肘が触れて、パタンと倒れた。

浅田　その瞬間、ガブリと肩に食いつかれて。その時は「殺されるかも」と思いましたね。ぶら下がった犬を引き離したら、嚙んだ当人も怯えて、震えてるんですよ。また殴られると思ったんだろうね。かわいそうに。

友森　急いで「大丈夫」って抱いてあげたけど、心の傷は時間をかけないとなかなか治らないです。

猫がつないだおばあちゃんの命

清水　そういう保護犬は、なかなか引き取り手がないのかな。

友森　実はそうでもない。その元闘犬は危ないので、譲渡会でもケージに入れたままにしていました。そしたらある中年のご夫婦が、「あの子だけ、どうしてケージの中にいるんですか?」って。いきさつを説明したらすごく驚いた様子で、その日はそのまま帰られたのですが、何日かして「あの子がほしい」と連絡があったんです。

浅田　嚙まれるかもしれないのに?

友森　「私たちには子どもがいないから、危険があっても二人だけ。そんな悲しい思いをした犬なら、ぜひ引き取りたい」。夫婦で話し合って、そう決めたそうです。

清水　なんていいご夫婦なんだ。

友森　本気であることがわかったので、私が経験した一通りのこと――たとえば近くで物を落とすのはNGなので、ケージから出すのは家事を終えて落ち着いてからにする、とか、そういう細かいルールを決めて飼ってもらうことにしました。トレーナーさんもつけて。

浅田 それだけの覚悟で受け入れてもらったんだから、きっといつか傷は癒えるよ。

友森 ペットの引き取りを求める方にも、いろいろな事情があって。「もう起き上がれないから、猫の面倒が見られない」というおばあちゃんからの電話を受けたことがあります。たまたま近所に住んでいたボランティアが訪ねたら、おばあちゃんは完全に脱水状態になっていたそうです。

浅田 猫を心配して電話をかけてきたということは、身寄りもないし、隣近所にも助けを求められなかったんだ。

友森 ひとり暮らしの高齢者が、寂しさからペットを飼って、飼いきれずに力尽きてしまう、という例は多いです。

浅田 で、そのおばあちゃんはどうなったの？

友森 様子を見に行くうちに元気になって、猫の引き取り手も見つかったんです。そしたら「猫がもらわれたから、もう来てはくださらないのね」って。(笑)

清水 やっぱり寂しかったんだ。

友森 それで、猫を引き取ってくれた若いご夫婦に事情を話して、「ときどき猫の近況を彼女に報告してもらえませんか。電話の応答がなかったら、区役所に通報してください」とお願いしてみたんです。そしたら、「わかりました」と二つ返事で受けてくれました。

浅田 ものすごくいい話じゃない。猫のおかげで、おばあちゃんも優しい人に巡り合えたんだもの。

ボランティアなら誰でもできる

清水 そもそも友森さんは、何がきっかけで保護活動を始めたの？

友森 動物病院を辞めたあと、祖母に開業資金を借りて、ペットサロンを始めたんです。数年くらい必死に働いて借金を返し終わった時、何か新しいことをしようと思い立って。正直、それまでも保護動物のことは気になっていたけれど、見て見ぬふりをしていた。最初は、たとえ2頭でも3頭でも、救うことに意味があるのかな、くらいの気持ちでした。

浅田 こういう活動って、〝たかが1頭、されど1頭〟なの。

友森 考えてみたら、一生のうちに1頭でも命を救えたら、すごいこと。そう思うから、私はこの仕事を目いっぱい楽しんでいます。

清水 ミヨちゃんもすごいよね。

友森 美代子さんは、秋の臨時国会で審議される動物愛護法の改正に向けて、署名を集めたんですよ。

浅田　たくさんの人が街頭に立って、18万もの署名を集めてくれたの。私も六本木ヒルズに立って、「署名をお願いします」と言ってみたけど、大抵こちらも見ずに通り過ぎちゃう。だから「あのー、浅田美代子です」って顔を覗き込んで声をかけたら、みんなギョッとして立ち止まってくれた。

清水　あははは。怖いよ、それ。私には絶対無理だなー。

浅田　でもね、私本気なの。現状を変えるには、最低でも三つのことを法律で改正していく必要がある。一つは、先ほど話した8週齢規制の導入。それから、一人が世話できるのは何頭までとか、このケージでは何頭までしか飼えないとか、室温設定は何℃にするというように、さまざまな数値規制を設ける。三つ目は繁殖業者における免許制の導入。いまの動物取扱業は原則自由の登録制なの。やろうと思えば、私だって明日から始められるんだから。

清水　普段のかわいくて、のんびりしたミヨちゃんとは別人みたい。よく勉強もなさって。

浅田　セリフと違って、こういうことは自然に頭に入るのよ。(笑)

清水　動物愛護というと、ちょっとハードルが高いと感じる人もいるかもしれないし。

友森　ちょっと動物が好き、くらいだと関わってはいけないと思う方もいるみたいです。

浅田　確かに私も、押しつけがましくしたくない。だからお散歩していて、「わあ、かわいい。何歳ですか?」「保護犬だから、推定で5歳です」みたいに、日ごろから自然に伝えられればと思っています。

友森 それに、保護動物を飼うことだけが保護活動ではないんですよ。

浅田 そう。ミグノンのようなシェルターを訪れて、犬のお散歩を手伝うだけでも十分だと思う。

友森 餌やりや散歩、掃除のボランティアは実際にとてもありがたいです。そしてこの活動の存在を知ってもらって、責任を持って飼える人を探してほしい。

清水 誰にでも譲渡できるわけじゃないし、きちんと飼える人かどうか見極めるのは大変そうだね。

友森 譲渡の際には、その方の身に何か起きても動物が困らないように、保証人を立てる制度も設けています。

清水 私も数件、保証人になってる。

浅田 私が生きている間に、何かがすごく変わることはないかもしれない。でも、道はつけたいと思うの。「うちの犬は、保護犬です」って言ったほうがすてきな時代になっていくといいよね。

友森 保護動物の現状を知ってもらうための講演のほか、動物好きのアーティストたちによるライブも楽しめる「いぬねこなかまフェス」を、今度、昭和女子大学人見記念講堂でやります。

浅田 ごめん……。実は私、仕事で出られないかもしれないの。

清水　えー！　熱く話してて今日もかっこいいと思っていたのに。

友森　大丈夫。浅田さんの役は、清水さんがモノマネで埋めるから。

清水　わかった。濃い目にじっくり仕込んでおくわ。（笑）

かわいい人

森山直太朗

光浦靖子

みつうら　やすこ

タレント。1971年愛知県生まれ。大久保佳代子さんと「オアシズ」を結成し、デビュー。活躍の場は女優から執筆、手芸に至るまで幅広い。特にオリジナリティ溢れるブローチの作品集は三部作に及び、同じブローチがつくれるキットも発売。『ハタからみると、凪日記』など著書多数。

もりやま　なおたろう

シンガーソングライター。1976年東京都生まれ。「さくら（独唱）」をはじめ、数多くのヒット曲を持つ。2008年に「生きてることが辛いなら」で日本レコード大賞作詩賞受賞。音楽と演劇を融合させた舞台作品などにも意欲的に取り組む。2年ぶりとなるアルバム『822』が好評発売中。

（『婦人公論』2018年9月25日号掲載）

10年ほど前、大人数でのカラオケで顔を合わせた三人は、
歌も芝居もトークも、
幅広くこなせる芸達者同士でもあります——

サプライズ結婚式に遭遇して

清水 光浦さんとはちょくちょく旅行に出かけるんだけど、10年くらい前かなあ、椿鬼奴さんと黒沢かずこさんと四人でグアムに行った時、初日から変なお見合いさせられたの、覚えてる?

光浦 覚えてます。なんでそんなことになったのかは忘れたけど、現地の旅行会社で働く日本人男性四人との食事の場が設定されてて。初日に軽く挨拶しておけば、旅行中融通が利く、ぐらいの話だったのに、向こうはやる気満々の合コンモード。

清水 結局、なんの便宜も図ってもらえなかったしね。

光浦 でも私の不運はそれだけじゃなかったんですから。三人とも海に行こうともしないで、「スーパー行こう」しか言わない。

森山　わざわざグアムまで行ったのに？

清水　だって、天候がイマイチだったから。

光浦　ありえないと思って、一人で恋人岬に行ったわけ。タクシーの運転手に、「アローン?」とか不審がられながら。それでチャペルの前を歩いてたら、「あ、光浦さんじゃないですか。これから結婚式を挙げる娘に内緒で、親戚がこうして集まってるんですよ」と知らない一団が話しかけてきた。「そうですか。おめでとうございます」って通り過ぎようとしたところに花嫁が飛んで来て、「えっ、光浦もサプライズなの!?」だって。

清水　しかも呼び捨て。(笑)

森山　あははは。

光浦　あと黒沢は、天候とか関係なくインドア派だから、あれ以来、一緒に旅行に行くのやめました。最近は、一人で韓国に出かけてるらしいです。東方神起の追っかけしたり、タレントが来ると噂の美容院やカフェに行ったりしてるんだって。

清水　すっかりハマってるよね。直太朗さんは、夢中になったアイドルっているの？

森山　いますよ。僕は、西村知美さんです。

光浦　へー。

清水　ちょっと意外！

森山　僕はいま42なんですけど、僕らが小学生の時は聖子ちゃんや明菜ちゃん、キョンキョンっていうスターを筆頭に、アイドル全盛期。そのなかで彼女は異彩を放っていて。

清水 異彩を。(笑)

森山 あのなんともいえない鼻にかかった歌い方とか、ちょっと舌足らずで「ｔｈ」みたいなサシスセソとか。あれがたまらない。

清水 ご本人に会ったことはあるの?

森山 それがお会いしたことないんですよ。会えるかなと思って、旦那さん(元ＣＨＡ－ＣＨＡの西尾拓美さん)がやっているという韓国料理のお店に一人で行ったこともありました。

光浦 えー! 黒沢とおんなじ血が流れてるじゃないですか。(笑)

清水 それってデビュー前?

森山 いえ、この仕事をはじめてからです。

光浦 まあ、西村知美さんはかわいいもんね。

清水 昔、メイク室で一緒になったことがあるの。その頃は、女性がバッグの中をゴソゴソ探してると、たいていそのあとに「タバコ、いいですか?」って聞かれたのね。西村さんもゴソゴソやってて「いいですか?」「どうぞどうぞ」と返したら、出てきたのがゲーム機で、ピコピコやってた。

光浦 かわいい! そういえば私も旅番組でご一緒した時、「あのう、これ」って差し出されたのが、なんとお手製の「旅のしおり」。いい方だなって、その時思いました。

森山　ね、ね、そうでしょ？　あれ、ところでなんでこんな話してるんでしたっけ？（笑）

豪華すぎる深夜のカラオケボックス

光浦　清水さんとは、たまーにカラオケにも行きますよね。
清水　歌わないで、話してることのほうが多いけどね。
光浦　密室は、固有名詞出せるから。
森山　僕、清水さんや光浦さんとはじめてお会いしたのは、10年ぐらい前のカラオケなんです。
清水　「カラオケの鉄人」でしょ。当時は店の名前に笑ったよ。
光浦　やたらにミュージシャンがいましたよね。
森山　びっくりしましたよ。顔を出したら、田島貴男さんがいらっしゃるし。
清水　斉藤和義さんもいた。
光浦　あと、安斎肇さんが遅れていらした。「うわ、有名なミュージシャンばかりで、すげー」と思ってガチガチに緊張してたのに、安斎さんとだけはしゃべれて（笑）。すごく感じのいい方だったなあ。
森山　ミッキー・カーチスさんもいらしたような気がします。〝昼に見る夢〟みたいでした。真夜中だったけど。（笑）

清水　直太朗さんは、（ピエール）瀧ちゃんに呼び出されたんだよね。

森山　そうですよ。夜の12時くらいに電話がかかってきて。翌日、北海道でライブがあると言って断ったら、「清水さんが森山良子さんのモノマネしてくれるから、来たまえ」って。

光浦　無理やりじゃない。確かに二人で〝親子〟デュエットしてたような……。

森山　僕は僕として歌っただけですけど、あれは面白かったです（笑）。清水さんは、うちの母とは本当に長いおつきあいですよね。

清水　この連載にも、すでにゲストとして出ていただいてて。その時にも話したけど、25年くらい前に私の友達が森山良子さんのマネージャーをしていて、彼女の結婚を祝して森山邸でパーティーを開いてくださったの。そこで良子さんにはじめてお目にかかったんだけど、直太朗さんとは会ってない気がするなあ。

森山　ああ。たぶん、僕は部屋に引きこもってましたね。中学生や高校生の多感な時期って、あまり家に来たお客さんに会いたくないじゃないですか。

光浦　確かに。森山家はお客さんの人数も多そうだし。

森山　絶対、「何か歌え」って言われるし。

清水　森山家のお客さんは、歌うのが普通だと思ってる人たちばっかりだから。（笑）

天真爛漫でお転婆な母を持つということ

森山　僕、5月に結婚したんですが、新婚旅行で清水さんの故郷の飛騨高山に行ったんです。

光浦　ええっ。わざわざ飛騨高山に？　どうしてですか？

清水　ちょっとー。愛知県民はすぐに岐阜を下に見るんだから！

森山　旅で行った土地にいちいち愛着を覚えるようなタイプでもないんですが、飛騨高山を訪れた時は、あの街並みにすごく心が落ち着いて。いつか新婚旅行に行くことがあったらここにしようとずっと決めていたんです。

光浦　へー。ずいぶん飛騨高山に入れ込んじゃったんですね。

清水　残念そうな顔するんじゃない。（笑）

森山　それで、清水さんに連絡していいお店を紹介していただこうと思いながら、行きつけの洋服屋でぶらぶらしてたら、いきなり清水さんがそのお店に入ってきた。

清水　そうそう、あれはびっくりしたよ。だって、そんなところにいると思わないじゃない。

森山　驚いたのはこっちですよ（笑）。それで紹介していただいたお店にも、ご実家のジャズ喫茶にもうかがいました。

光浦　そういえば、大久保（佳代子）さんからお祝いきました？　一時期、直太朗さんと結婚して、森山家と血縁関係を築こうと一生懸命だったけど。

清水 良子さんに、「くれぐれも、大久保さんには気をつけて」ってみんなで注意したよね。（笑）

森山 そういえば、こないだ実家に寄ったら、隣に住んでる義兄（おぎやはぎの小木博明さん）の家に愛犬を連れていらしてて。挨拶しましたよ。

光浦 ああ、あぶない（笑）。絶対まだ森山家に入り込むことを諦めてない気がする。しかも犬まで使って。

清水 結婚が決まって、良子さんは本当に嬉しそうだったね。私の武道館ライブを観に来た時に、直太朗さんから報告を受けたことを、この前の『オールナイトニッポン』で話してたよ。

森山 そうなんですよ。年末の清水さんのライブに行ったら、たまたま母が関係者席にいることがわかって。それで開演5分前ぐらいだったけど、母のところに行って彼女を紹介したんです。

清水 私、キューピッドじゃない！

光浦 すごいですね。飛騨高山といい、武道館といい……。

森山 「結婚は考えているの?」と聞くので、「一応考えてます」と言ったら、関係者席でオロオロ泣き出して。そのタイミングで会場が暗転して、スポットライトを浴びた清水さんが、一人バーンと登場した。

光浦 あっははは！

清水　そんなこととは知らず、「今日はご本人が来てます」って言って良子さんのモノマネやったら、いつにも増してウケた（笑）。本当にかわいい人だよね、お母さん。

森山　みなさん、そういうふうにおっしゃいますけど、身内にああいう人がいるのは大変なんですよ。

光浦　そうなんですか？

森山　天真爛漫で、お転婆で。つい先日もロンドンから電話をかけてきて、ＺＡＲＡで買い物中に財布もパスポートも、全部スラれたって言うんです。

清水　わあ、大変じゃない。

森山　トートバッグの一番下に入れていたのに、「きれいにやられたわ。もう上手！」って。

光浦　あははは。感心してる場合じゃないのに。（笑）

森山　そもそも、ロンドンまで行ってＺＡＲＡで買い物してるって聞いただけで、ガックリですよ。

光浦　日本にあるしね。ロンドンだと外国人向けで、サイズも合わないだろうに。（笑）

森山　もう、何やっているのっていう話です。わかるでしょ？

清水　ほんと、かわいい。結婚相手にもそういう天然なところ、あるんじゃない？

森山　そういえば……。

光浦　大ファンだった西村知美さんだって。

森山　そう言われると、反論できない自分がいます。（笑）

私たちに、役者の目はあるのか

清水　良子さんは、占いもお好きだよね。

森山　よく占ってもらっているみたいです。昔、中学生だった姉の反抗期に悩んで、下北沢の小さな占いの館みたいなところに駆け込んだんですって。そしたら、「お嬢さんは将来、裏方の分野で成功する」と言われたそうです。確かに、姉は僕のチーフマネージャーになっていたので……。

光浦　その占いは当たったんですね。

森山　それが7、8年くらい前に、母が江原啓之さんとはじめてお仕事をご一緒した時、江原さんが「以前、下北沢の館にいらっしゃいましたよね」って。

清水　ウソーッ！

光浦　ひぇー。占いが当たるよりすごい話じゃないですか！

森山　びっくりしますよね。まだ、今のような恰幅《かっぷく》のよさじゃなかったみたい。

光浦　江原さんがテレビに出始めたばかりの頃、私も番組の中で占ってもらったことがあって。まあ一応、恋愛について聞くじゃないですか。そしたら即座に「ははは、何もないです。見えません」で終わり。

清水　それ、占い？（笑）

光浦　でも、当たってますけどね。
森山　僕はラジオ番組でご一緒した時、収録が終わった後に「映像で成功しそう」って言われました。
清水　確かに、なんとなく監督の雰囲気、あるよね。
光浦　いや、撮られるほうだと思うなあ。だって歌のうまい人って、たいていお芝居も上手だもん。
森山　芝居は嫌いではないけれど、本当に難しいじゃないですか。
清水　お母さんも「私ダメ、ダメ」って言いながら、『金妻』（ドラマ『金曜日の妻たちへ』）が大ヒットしてたよ。
森山　4年くらい前に、ドラマ『ＨＥＲＯ』で犯人役をやったことがあるんですけど、それこそもう全然ダメで落ち込みました。
清水　どうダメだったの？
森山　もっとできるって、自分に期待しすぎてたのかもしれないんですけど、まったく役に入れないというか。目の前に木村（拓哉）さんがいて、「わあ、テレビで見る人だ」ってなっちゃった。
清水　「ちょ、待てよ！」って言われたとか？（笑）
森山　あ、それ本当に言われたんで。木村さんに追いかけられて、止められるシーンがあって。

光浦 最高じゃないですか！

清水 江原さんの太鼓判もあることだし、もっとお芝居やってみたら？　光浦さんも、ちょくちょくドラマに出てるよね。『11人もいる！』とか、すごく自然でよかったけど。

光浦 あれは、当て書き（出演者を決めてから脚本を書くこと）ですから。普通にしゃべっていればいいから自然だし、自分でもうまかったと思います。でも去年、大河ドラマ『おんな城主 直虎』に出て、はっきりわかったの。私の問題は、音程にある。だからもう現代劇の当て書き以外には出ないことにしました。

森山 『直虎』ではどんな役を演じたんですか？

光浦 直虎の出身地にいる、武家の娘役。みんなで泣きながら、直虎に「おかえりなさい」を言うシーンがあったんですよ。その身を案じる感情を込めなくてはいけないところで、私の喉から出てきたのは、「よくぞご無事でー」。

清水 あははは。声が乾いてる。

森山 トーンが、マックの店員さんですね。（笑）

光浦 でしょ？　私、音程がとれないんだと思う。日常生活でも普段、「あー」とか「うー」とか前振りを入れることで、音程を合わせてしゃべってるんですよ。でも、時代劇でそれやったら、時代考証に引っかかる。そうすると、音がとれない。だから心から反省して、そういうお仕事はもう引き受けないことにしました。

清水 光浦さん、いつもやらないことから決めるんだよ！（笑）

森山　でも、歌お好きなんですよね。それに、音程に問題がある人は自分では気づかないものだと思うけどなあ。

清水　光浦さんはすぐ自分にダメ出しするけど、そういう素朴さが人から好かれるんだよね。

親世代への思いが、名曲を生んだ

森山　さっき清水さんが、うちにはじめて来た時の話をしていましたが、わが家にはとにかくしょっちゅうミュージシャンの方が集まっていました。玉置浩二さんは、いつもいたような気がする。泉谷しげるさんも。

清水　井上陽水さんもいたって、良子さんから聞いたことあります。

森山　日曜に中野サンプラザやＮＨＫホール、渋谷公会堂でコンサートをやって、その後うちで合同の打ち上げをやるっていうのが多かったです。

光浦　すげー。文化人が集うおフランスのサロンじゃないですか！

森山　ただの、どんちゃん騒ぎです。それで最後に「今日の日はさようなら」の合唱（笑）。

清水　コンサートの時、会場の人たちと一緒に歌えるように、一節ごとに歌詞を先にアナウンスするの、あるじゃないですか。

清水　昔はよくあったね。

光浦　わかる、わかる。

森山 姉と僕が呼ばれて、あのアナウンス役をやらされるわけです。儀式みたいに（笑）。いやだったけど、ギター1本あれば、みんなが臆面もなく肩を組んで歌える歌があるというのは、カルチャーショックでもありました。

清水 「皆で一つの輪になろう」っていう世代だもんね。

森山 でも、僕はその世界を見て育ってしまったので、「僕らにはああいう歌がないなあ」という思いは、なんとなく心の中にあった。後から考えると、だから「さくら（独唱）」が作れたのかな、と思います。あの原風景に、学生時代の桜並木とか自分なりのいろんなイメージが折り重なった。

光浦 卒業式で歌われて、応援歌にもなって、すごいことですよ。

森山 卒業式ソングになるとは夢にも思いませんでした。でも僕が一人で歌うより、合唱してもらったほうが、曲が生き生きしてるように感じる時もあります。

清水 音楽の教科書にも載ってるんだっけ？

森山 はい、載りました。教科書に載ったらこっちのもんです。（笑）

清水 コラ（笑）。直太朗さんの世界の広がりは楽しみだけど、それこそ俳優業も向いてそう。

光浦 チャラチャラした恋愛ドラマじゃなくて、骨のある社会派の作品とか刑事ドラマとかを選んだほうがいいですよ。スポンサーに左右されないチャンネルでね。

清水 マネージャーか。

森山 貴重なアドバイス、ありがとうございます！（笑）

あとがき

今年の夏休み、私は友人らと三人でスペインを旅行してきました。スペインといえばタパスやピンチョスという、お酒のあてが有名で、生ハムやオリーブ、魚介のフリットなど、どの店でも当たり前に出てきて、乾杯とともに頬張る。これがどれも感動的に安くておいしくて、レストランではなく、ピンチョスめぐりをした晩もあったほどでした。

そして、つくづく「海外旅行は三人がベストな人数ではないか」という結論になり、また乾杯しました。なんたって一人旅は一番気ままです。しかし、旅行中に起こった喜びや怒りを共感できる人が一人もいないとなると、ちょっと空しい。では二人旅はどうかというと、意見が分かれた時にすぐぶつかる。ぶつかりを回避しようとしても、その後の旅に心理的な暗雲が生じがち。かといって四人以上となると、いつのまにかグループ単位ですぐ分かれてしまう。しかし、「3」という数字は絶妙で、強いバランス感覚があります。旅先でも勝手にぶつかりを回避してくれるような、計り知れない包容力があるかのよう。って、単に三人ともお酒が入って気分がよくなってただけかもしれませんが。

なんだかこの鼎談《ていだん》も、特にあてもないまま三人で言葉の放浪をしてきたかのようです。何しろ、テーマがないまま始まるので。でも、どこに行くかも知らなかったのに、帰国後にはこんな立派な鼎談本にめでたく到着していました。鼎談に参加してくださった皆さんと、パーサーの『婦人公論』のハマさんの操縦のおかげです。本当にありがとうございました。

実は私は、二人で話すことを「対談」といい、三人の会話を「鼎談」と呼ぶということすら、この企画によってはじめて知りました。でも同時に「〝テイダン〟て。三人なのに重みなさすぎな語呂だなあ」とも思いました。〝タイダン〟という響きに比べると、江戸弁みたいで軽すぎ！

ところがです。この本を読んでみると、我ながら三人の会話が軽くていいじゃないか！　と思えてきました。パワーバランスがうまく分散されるというのでしょうか。もしかしたらもともと人間は相対しあった形で50％を見つめあう対談よりも、鼎談という33・3％くらいのあいまいな目線の方が、気持ちの張り具合がうまく調和できるようになっていたのでしょうか。しかもそれなのに、逆にその人そのものでしかない個性が浮き彫りに。

ちなみに鼎談の「鼎」という漢字は、中国の「三本足からなる器の形」からできたものだとか。この器を高くあげ、読者の皆さんに心からの感謝の献杯を捧げます！ピンチョス！（↑語呂最高！）

二〇一九年八月

清水ミチコ

本書は、『婦人公論』（2017年4月25日号～2018年9月25日号）の連載
「清水ミチコの三人寄れば無礼講」に加筆・修正したものです。

［構成］　南山武志、平林理恵（P169～183）、篠藤ゆり（P185～199）

［撮影］　宅間國博（P9）、岡本隆史（P25・41）、清水朝子（P57～153・249・265・302）、
木村直軌（P169～217）、大河内 禎（P233・281）

［スタッフクレジット＆衣装協力］
P9 YOUさん HM：井手真紗子　清水さん HM：岡崎直樹
P25 三谷さん HM：立身 恵　大竹さん HM：新井克英 衣装協力：ワンピース/アエヴェス
P73 藤井さん H：上田 晶（PITCH-PIPES） M：澤田光正（PITCH-PIPES）
P217 中野さん ST：関谷佳子 衣装協力：イヤリング/アビステ
P233 山口さん HM：HIROKO（secession） ST：濱中麻衣子　衣装協力：トップス・スカート/ともに Mhairi、アクセサリー/Lana Swans、サンダル/Anew it
P281 光浦さん HM：春山輝江　森山さん HM：かつお（KOKOSCHKA） ST：上野真紀
衣装協力：シャツ/TROVE、ほかはすべてスタイリスト私物
HM＝ヘアメイク　ST＝スタイリング

清水ミチコ

しみず　みちこ

岐阜県高山市出身。1983年よりラジオ番組の構成作家として活動したのち、86年、渋谷ジァン・ジァンにて初ライブ。87年、フジテレビ系『笑っていいとも!』レギュラーとして全国区デビューを果たす。また、同年12月発売『幸せの骨頂』でＣＤデビュー。以後、独特のモノマネと上質な音楽パロディで注目され、テレビ、ラジオ、映画、エッセイ、ＣＤ制作等、幅広い分野で活躍中。毎年の武道館単独公演も恒例となっている。

ホームページ：https://4325.net

三人《さんにん》寄《よ》れば無礼講《ぶれいこう》

2019年10月25日　初版発行

著　者　清水《しみず》ミチコ

発行者　松 田 陽 三

発行所　中央公論新社

〒100-8152　東京都千代田区大手町1-7-1
電話　販売 03-5299-1730　編集 03-5299-1740
URL　http://www.chuko.co.jp/

DTP　今井明子
印　刷　大日本印刷
製　本　小泉製本

Published by CHUOKORON-SHINSHA, INC.
Printed in Japan　ISBN978-4-12-005240-8 C0095
定価はカバーに表示してあります。
落丁本・乱丁本はお手数ですが小社販売部宛にお送りください。
送料小社負担にてお取り替えいたします。